F　ショパンとリスト

高野麻衣

JN030279

集英社文庫

目次

Fショパンとリスト

F. Chopin et F. Liszt

リストによるショパン公演評・冒頭（1841）

一八四一年、春。月曜、夜の八時。プレイエル氏の屋敷には、いまだ煌々《こうこう》と照明が灯《とも》されていた。通りを行き交う馬車が、その屋敷の前で止まり、着飾った淑女たちが優雅に降り立つ。

絨毯《じゅうたん》が敷き詰められた階段の下へ、客たちはひっきりなしにやってきた。最先端の若者たち、名のある芸術家たち、裕福な資産家たち、そして社交界の名士たち。要するに、出自、資産、才能、美貌の点で、この国の最高ランクに属する人々が、そこには並んでいた。

時折、それらの視線が私に突き刺さる。十年前、ともにサロンを席巻《せっけん》し、熱い友情を育みながら、今は袂《たもと》を分かったかに見えるふたりの天才。

その〝真実〟はいかなるものだったのか？

女性問題、互いの才能への嫉妬――無責任な推論ばかりが飛び交っている。私は視線を無視し、壇上のグランドピアノに近づいていった。

ステージに置かれたピアノの蓋は、すでに開いていた。その鍵盤が見える席、あるいは演奏者の顔が見える席には、華やかな人々がひしめいている。誰もが最前列に座ろうとしていた。私は少し離れた席に腰かけ、人々の様子をじっと見つめた。

開演にはまだ少し時間があったが、彼らはすでに耳を澄ましているかのようだった。

このあとピアノに向かう男から、一音も聴き漏らすまいと、静かな緊張を漲《みなぎ》らせていた。

人々がそこまで熱狂していたのには、理由があった。彼らが一刻も早く見て、聴いて、喝采したいと待ち焦がれているその男が、単なるピアノの名手ではなかったからだ。

天才、ピアノの詩人——そんなありきたりな賛辞では片づけられない。

それらすべてであり、そのすべてをはるかに超えている人。

その男の名は、ショパン——。

第一場　出会い

彼の瞳は、冬の空のような青色をしている。

フランツがはじめてそう思ったのは、ふたりが出会った十年前の冬の午後だった。

パリの街は、青灰色の空に覆われていた。

街路樹も、道行く人々の装いも色を落とした無彩色の中で、その空と、自分を射抜いた彼の瞳だけが青味を帯びていたのを、フランツはいまだに思い出す。

＊

氷のようにピンと張りつめた朝が、もう何日も続いていた。

夕刻に差しかかっても雲はぴくりとも動かず、頭上に重くたれこめている。夜にはきっと、雪が降り出すだろう。

読みかけの本を片手に空を見つめていたフランツは、ふいに流れ出したピアノの音で我に返った。

モントロン通りの自宅とヴィルマン庭園の中間にあるカフェは、多くの客で賑《にぎ》わっている。三角形のガラス屋根に木造のファサード、そして足元には格子状のタイル。五年ほど前に完成したこの店は全体が茶色の落ちついたしつらえで、細部にはいたるところに美しい装飾が施してある。

ここでの読書は日課だが、ピアノは予定外だった。調律していない楽器のかすかに歪《ゆが》んだ音が、こってりした節回しとあいまって頭痛を誘う。

仕方がない。今日はここで切り上げようか。

ため息をついたフランツは視線を感じ、顔を上げた。

空席を一つはさんで隣のテーブルの客と目が合った。二十歳の自分と同年代だろうか。巻き毛がよく似合う、青い瞳の青年だった。

「シューベルト」

独り言のように呟《つぶや》いた彼の声には、かすかに外国の訛《なま》りがある。フランツは不意を突かれ、思わず言葉をつないだ。

「……セレナード。一八二九年、三年前のヒット曲だ。演奏は自己流で通俗的」

「いや。かつては裕福で、ピアノ教師に習っていたかもしれない。今は没落して、生計を立てるために、大衆にウケる弾き方をしている」

青年は平然と、こちらの見立てを引っくり返してみせた。フランツは、いささか憮然《ぶぜん》としながら尋ねた。

「なぜそう思う？」

「彼のテイルコートは十年前のものだ。あの裾の形は当時の最先端。しかも最高級品。こげ茶のブロード・クロスに、衿《えり》はベルベット。ベストは絹サテンの花模様で、スカーフも絹。十年前、あんなにいい服をあつらえていたのに、それ以来新しくしていないとしたら、落ち目と考えていいだろう」

　立て板に水のような推論だった。

　いつのまにそこまで観察していたのだろう。フランツは驚愕《きようがく》を隠し、どうでもいいような口ぶりで混ぜっ返した。

「なるほどね。いずれにせよ、俺の好みではないな」

「そうか」

　くすりと笑うと、青年は何事もなかったように、手元のコーヒーカップを口に運んだ。フランツもまた、手にした本を読むふりをした。

　下手くそなピアノ弾きのことなど、もはやどうでもよかった。悔しいが今は、隣の青年の横顔が気になって仕方がない。絹のような巻き毛に縁どられた顔のつくりは優しげだが、どこか現実離れした哲学者のようでもある。すっきりと高い鼻。薄い唇。秀でた額の下の青灰色の瞳が、際立って印象的だった。

学生だろうか。

考えて、すぐに否定した。同年代ではあるようだが、学生にしては隙がなさすぎる。彼が漂わせているある種の優雅さと、深い知性を感じさせる眼差《まなざ》しはショセ・ダンタンのサロンで見かける類のもので、雑然としたその店の空気から浮いていた。

かつてこの男に会ったことがなかっただろうか。

フランツは懸命に記憶を辿った。しかし、ぴったりくる人物はいなかった。いつのまにか周囲の雑音が消え去り、自分の心臓音だけがくっきりと聞こえた。

そのときだった。大きな音とともに、みすぼらしい少年が店へと駆け込んできた。尋常ではない慌てぶりだった。キャスケット帽をかぶり、肩から大きな鞄《かばん》をぶら下げた少年は、必死の形相で店内を見渡すと、ポケットからさっとナイフを取り出した。

動揺した給仕がトレイを取り落とし、ガチャンと食器が砕け散る音が響いた。客たちは真っ青になり、席から立ち上がると次々に店を出ていった。

フランツも当然、その場を立ち去ろうとした。物騒な事件に関わって、新聞にあることないこと書き立てられるのは御免だ。それに指は、守らなければならない。

ところが、隣に目をやって思わず固まる。あの青年はいまだ、悠然とカップを傾けているではないか。

「おい」

思わず声をかけるのと、少年が近づいてくるのが同時だった。少年は、細い手で掴《つか》んだナイフの切っ先を青年とフランツに向け、震える声で告げる。

「おれ、ずっと、ここにいた」

おぼつかないフランス語だったが、意味は通じた。

なるほど、追手が来たらそう言えというわけか。なりふり構わぬ様子からして、凶暴ならず者に追われているのかもしれない。

少年はまだ、十二、三というところだろう。困ったときの癖で頭に手をやったフランツの傍らで、青年が切り返した。

「まずナイフをしまえ。それから自己紹介をしよう。俺の名はフレデリク」

――フレデリク。

フランツは、心の中で彼の名を復唱した。

「君は？」

「ヤン……」

「ヤン。君、いったい何をやらかした？」

呑気《のんき》に会話を続けるフレデリクに、フランツは声を荒らげた。

「おい、いいかげんにしろよ」

フレデリクはこちらに顔を向け、不思議そうな表情をする。

「何を？」

「自分から、厄介ごとに首を突っ込むなよ」

目の前にいる少年は、街で鼻つまみにされている貧しい移民に違いなかった。ここ数年、パリに流入し続けているポーランド難民の子どもかもしれない。フランツには、その場を去らなければという焦りのほうが強かった。

言葉を続けようとしたとき、店の外で男の怒鳴り声がした。少年は縮み上がり、フレデリクの真向かいの椅子に座ると、帽子を目深にかぶって俯《うつむ》いた。

まもなく、大きな音を立てて店の扉が開き、風体のよくない男が入ってきた。案の定、街のゴロツキのような男だった。

男はまるで獲物を物色するような眼差しで、店内をじろりと見回すと、こちらにゆっくり近づいてきた。そこにはもはやフランツとフレデリクと少年、あとは店主らしき人物しかいない。

フランツの目の前で、俯いたままの少年の肩が震えていた。その肩を、背後から伸びてきた太い腕がぐっと摑む。

「どうしたァ？　俺の財布スリやがるとは、怖いもの知らずのクソガキがよォ」

男が、酷薄な笑いを浮かべてそう言った。自分より弱く、反撃してくる恐れのない相手を蹂躙《じゅうりん》しようとする者特有の、たまらなく下卑た笑いだった。

「冗談じゃねえぞ。俺たちフランス人は、おまえたちを助けてやってるんだ」

何が、フランス人だ。

男の姿に、フランツは視界がカッと赤くなるほどの怒りを感じた。

手首を摑み上げられた少年の顔が、恐怖に歪む。男がナイフを取り出したのだ。少年の手がテーブルに押しつけられ、か細い悲鳴が上がった。

「この手が悪いんだよなァ?」

制止しようとフランツが動いた瞬間、隣から冷ややかな声が響いた。

「やめろ」

少年が、はっとして顔を上げる。

「あんたの誤解だ。その子はずっとここにいた」

フランツもまた、呆気《あっけ》にとられて声の主を見つめた。

男は一瞬啞然《あぜん》としたが、すぐにナイフの切っ先をフレデリクに向けて突き出す。

するとフレデリクは立ち上がり、燃えるような目つきで男を睨《にら》みつけた。青い炎が、静かに周囲を焼き尽くすのではないかとたじろぐほどの気迫だった。その迫力に吞《の》まれ、相手は戦意を削《そ》がれている。傍目《はため》にも明らかだった。

「フッ」

思わず吹き出してしまった。どう見ても勝負はついている。

フランツの声に気づいた男は、怒りの矛先を変え、顔を真っ赤にして怒鳴りつけてきた。

「なに笑ってやがる!」

そしてこちらに近づくと、胸倉を掴みあげ、顔をぎりぎりまで寄せて威嚇してくる。

「そのお綺麗《きれい》なツラァ、傷がついても知らねえぞ!」

男の体臭と混じって漂う、安酒の臭いに吐き気がした。フランツは、不愉快そうに眉根を寄せてみせた。

「興奮しすぎだな。それとも飲みすぎかい? 泥酔しての暴行じゃ、警官隊が来たら確実にしょっ引かれるだろうな」

折よく、遠くから警笛の音がする。フランツは言葉をつけ足した。

「俺の連れが、呼びに行ったんだ」

「……んだとォ!」

はったりに男が激昂《げきこう》した、次の瞬間だった。

フレデリクが少年の鞄から財布を抜き取り、男のジャケットのかくしに素早く押し込むのが見えた。注意していなければ見逃すような、ごく自然で鮮やかな手さばきだった。

フレデリクに気をとられていたフランツは、振り上げられた男のナイフに気づき真っ青になる。

「だから落ちつけって——」

「おい！」

鋭い声が飛んだ。

「あんたのポケットに入ってるそれ、財布じゃないのか？」

「ああ!?」

フレデリクの言葉に反応し、男はフランツを突き飛ばした。

よろけたせいで背後の椅子がいくつか倒れたが、切られるよりはいい。視線を戻すと、男はフレデリクを睨みつけながら、裾のほつれたジャケットのかくしを探っている。直後に驚愕の声が上がった。

「嘘《うそ》だろ!?　財布はそのガキがたしかに――」

狙いすましたかのように、再び警笛が鳴り響いた。

警官隊に追及されれば面倒なことになるからだろう。ゴロツキは、捨て台詞《ぜりふ》を吐いてその場を立ち去った。

まるで嵐が過ぎ去ったようだった。啞然としている少年に、フレデリクが向き直る。

「ヤン、君も行ったほうがいい。警官隊がくる」

「あ、あの、ありがと……」

はっとして口を動かす少年に、彼はやさしく語りかけた。

「礼などいらないさ。追われるようなことはもうするな」

少年は榛色《はしばみいろ》の瞳に涙を浮かべ、こくりと頷いた。収監の憂き目に遭いたくはないのだろう、礼もそこそこに駆け出していく。

店内に静けさが戻り、真っ先に安堵のため息をもらしたのはフランツだった。

「まったく！」

「ついてなかった！」

フレデリクも、首を左右に振りながら同意した。しばし笑い合ってから、彼は右手を差し出してきた。

「俺はフレデリク。君は？」

「フランツ」

相手を真似《まね》て、ファーストネームだけを告げる。そして、目の前の白く繊細な手をとった。温かい手は、ゴロツキ相手に凄《すご》んで見せた男のものとは思えなかった。

奇妙な感慨を誤魔化すように、フランツはその手を強く握り返して言った。

「ものすごい腕前だったたな。一瞬で、気づかれずにポケットへ。奇術師も裸足《はだし》で逃げ出す鮮やかさだ」

「はは、そりゃどうも」

フレデリクは楽しげに笑った。はじめて見る表情だ。

じっと見つめていると、真理を見据えるような眼差しを返され、心臓がはねる。

「君こそおかしなヤツだな。厄介だというなら、ほかの客と一緒に出ていけばよかったのに。——ありがとう。怪我《けが》はないか？」

「大丈夫だ。こっちこそありがとう」

フランツはひっくり返った椅子を思い出し、元に戻そうと身をかがめた。店の奥で呆けていた店主が慌てて出てきてそれを止め、ふたりに頭を下げてくる。

愛想よく対応するフランツの様子を、フレデリクは顎に手を添え、探るように見ていた。

「この辺の人？」

店主がその場を離れた途端に尋ねられた。

フランツはしばし逡巡《しゅんじゅん》する。一期一会の出会いなら素性を明かす義理はないが、彼とはもう少し話したい気もした。他人にそんな感情を抱くのは、ひさしぶりのことだ。

「……ああ、まあ」

あいまいに答えると、フレデリクは穏やかに続けた。

「フランツ、君、今日のこと誰にも言うなよ。あの人にも頼んでくれ。相手が誰だろうが、窃盗がバレたらあの子はもうおしまいだ。彼には、どこにも行くところがない」

「ああ、わかってる。……この街は、そんな人間ばかりだから」

窓の外に目をやり、フランツは答えた。

一昨年の夏、復古王政に怒りを募らせた市民が引き起こした七月革命——「栄光の三日間」と呼ばれているパリ市街戦では、死傷者が千二百人にも上った。

多くの犠牲と引き換えに手に入れたはずの新政権は、貴族の弱体化と産業の促進によって、ブルジョワと労働者という新たな格差を生み出していた。若い共和主義者たちが各地に秘密結社を作り、パリにはいまだ血なまぐさい暴動の火種が絶えない。

同じ年の秋には、ポーランドでも暴動が起きた。ロシア軍の侵攻から逃れてきた難民たちはパリ中に流れこみ、下町には浮浪者が目につくようになった。

「逃げ場を失ったら、結局ゴロツキどもに食い尽くされる」

「ゴロツキね……。やな感じの男だった」

「うん。弱い相手を前にしたとき、ああいうやつらは本性を表す。あの濁った目……あいう目を見るとぞっとする」

そう言って、遠くを見つめるように眇《すが》められたフレデリクの瞳は、最初の印象と同じ、深く複雑な色をしたブルーだった。

灰色が入り混じった、冬のパリの空のような青灰色。思わず口をついて出る。

「あんたの目は綺麗だな。空の色みたいだ」

フレデリクは、一瞬虚を突かれたように目を見開き、次に皮肉っぽい笑みを見せた。

「君、ほんとに変わってる」

「そうかな？」

「ああ。巻き込んだ詫《わ》びに教えてやろう。君みたいな、百人中百人が振り返りそうなハンサムに綺麗だなんて言われても、嫌味なだけだぞ。ま、女はどうか知らんが」

「俺は思ってないことは言わない」

憮然として言い返す。いけすかないヤツだ。

フランツは己の容貌の端整さなど知っている。しかしそれは生まれながらに得ていたもので、とりたてて注目すべきことではなかった。しかし、フレデリクから感じる不思議な魅力は違っていた。青い炎のような瞳の輝きを思い出しながら、美しいとはこういうことを言うのだと思った。

「ふふ、そうか。たしかに君は、知らない子どものために熱くなれるいいヤツだ。さっき、俺がゴロツキの相手をしなければ、君が止めに入っていただろう」

フレデリクは愉快そうに、先ほどの一幕を蒸し返した。気づいていたのか。しかしそんな喜びは、続けられた問いにかき消されてしまう。

「なのに、最初は立ち去ろうとしていた。なぜだ？」

「それは……」

言葉に詰まる。指は、守らなければならない——ピアノを弾くために。

見て見ぬふりをしようとしても、逃れられない錘《おもり》のような執着が自分の中にあるのを、フランツは自覚した。

「君、ピアノ弾くだろ？」

沈黙を破ったフレデリクの言葉が、あまりに図星で驚く。フランツは動揺を隠すように髪をかき上げた。

「……弾かないな。少しかじっただけだ」

するとフレデリクは、あの見透かすような視線をフランツの手に向けた。

「その手。長い指に筋肉のついた手の甲。付け根から爪にかけて、反るような親指。小指もがっしりりしている。よく弾きこんでいるのかと思ったが、気のせいかな？」

フランツは、思わず自分の右手を凝視した。見ただけでわかるものだろうか。

我に返ると、フレデリクが自分を面白そうに眺めている。

知らぬことは何一つないというような、その落ち着き払った態度が、急に苛立《いらだ》たしくなった。ずかずかと、無礼ではないか。迷いをすべて断ち切れたなら、こんなところでくすぶってなどいない。

「あんた、探偵かなんか？」

「いや、違うよ」

フランツの気色ばんだ声にフレデリクは少し笑い、先刻まで座っていた席から外套《がいとう》を取り上げた。

「でも、もしかしたら、また会うことになるかもな」

意味深に呟きながら、彼は外套を手早く纏《まと》い、こちらに向き直った。その眼に、挑むような鋭い光が走る。

「フランツ・リスト。君に覚悟があれば」

「なっ……」

息を呑んだ。絶句していると、フレデリクが帽子とステッキを手に笑いかけてくる。

「楽しみにしているよ」

憎たらしくなるほどの笑顔だった。

彼が出ていってからしばらく、フランツは呆然としていた。体の奥のほうから、鼓動だけが聞こえた。

覚悟だと?

ふいに笑いがこみ上げた。体中がヒリヒリして、焦がれるように熱い。そんな感覚はひさしぶりだった。

俺を誰だと思ってる。

俺はフランツ・リスト。世界を手にするピアニストだ。

第二場　火花

そこはかつて、ルイ十五世の家臣が建てた屋敷だという。

現所有者はカミーユ・プレイエル。やり手と噂《うわさ》の、プレイエル商会二代目社長である。その噂は伊達《だて》ではないと、手入れの行き届いた庭を横目にフランツは思った。屋敷の入り口には、先代からの「プレイエル・ピアノ工房」のプレートが誇らしげに輝き、その横で「ポーランド」と大きく書かれた垂れ幕が人目を引いていた。

ここで今夜、かの国のピアニスト、ショパンのデビュー公演が開催されるのだ。

世界初の私設ホール、サル・プレイエル。カミーユ・プレイエルはここで、製作したピアノのプロモーションと、次代を担う達人《ヴィルトゥオーゾ》たちの紹介を兼ねたコンサートを開いている。

いわばここは、パリ音楽界の流行発信地だ。

ブルジョワ階級が力を持ち、時代の主役となった今、音楽は王侯貴族に保護される芸術から、市民たちのエンターテインメントへと変化している。とくにこの数年、華々しく登場したヴィルトゥオーゾたちへの人気はすさまじい。折よく台頭したピアノ・メーカーのホールが注目を集めるのは当然のなりゆきだった。

「先見性と運は表裏一体、か」

フランツはひとりごち、屋敷の中へと進んでいった。

開演にはまだ間があるというのに、サロンにはずいぶん人が集まっていた。時折、その視線が自分に留まるのを、フランツは慣れた様子でやり過ごす。そうしなければ、有象無象にたちまち囲まれてしまうことを、彼は長年の経験で知っていた。

ところがホールに足を踏み入れた瞬間、場違いに明るい声が彼を迎え入れた。

「フランツ・リスト！」

視線を向けると、満面に笑みを湛《たた》えた男が手を振っている。

鮮やかな紺色のテイルコートに、染みひとつない白いズボン。人気雑誌『ジュルナル・デ・ダム・エ・デ・モード』から抜け出してきたような男は小柄だが、紳士的な身のこなしは堂々として、見栄えがいい。

著名な哲学者の孫にして、大銀行の御曹司、そして音楽家のフェリクス・メンデルスゾーンだった。

「奇遇だね。いや、君が現れるのは当然か」

わずかに舌足らずなフランス語で嘯《うそぶ》き、メンデルスゾーンは顔を輝かせる。

「なにしろあの、『ショパン君』のパリ・デビューだ」

「余計なお世話だ！」

フランツは顔がほてるのを感じた。子どものようにこの日を待ち望んでいたことを見透かされたようで、面映《おもは》ゆい。

彼には昔、ショパンへの想《おも》いを話したことがあった。

あれは失敗だった。この男は驚異的な記憶力を持っている。一度聴いた曲はもちろん、酒の勢いで打ち明けた四方山《よもやま》話《ばなし》もすべて覚えている上に、デリカシーに欠けた天才ぶりが欠点なのだ。

「会いたかったんだろう、ショパンに」

しつこく繰り返す友に苦笑し、フランツは広間を見渡した。

瞬間、こちらに集まっていたいくつもの視線が不自然に逸《そ》らされる。注目されることには慣れっこだが、どこかぎこちない反応に違和感を覚えた。

「『ル・コルセール』に、君の死亡記事が出てただろ」

フランツの視線を追って、周囲を見渡したフェリクスが声を落とす。

「社交界にも、信じてる人間は多かった」

「そうみたいだな……」

熱い塊のようなものが、胃から逆流してくるのを感じた。なじみ深い怒りが、体中に沁《し》みわたる。

「『若きリストはパリで死んだ。子どもがまだ学校にも行かないような年頃で、彼の才能は全世界に響き渡った。まだ言葉を使いこなすより前に、誰よりも雄弁にピアノで語った』」

　誤報記事をそらんじてみせると、フェリクスはいたわるように言った。

「新聞なんて、まったくいい加減だ」

「まあな。それだけみんな、他人の不幸を見たいのさ」

　人々は、常ならぬ才能を気まぐれにもてはやし、やがて飽きれば罵倒する。それが世の常だ。

　天才も、二十歳《はたち》過ぎればただの人。かつてフランツが散々叩《たた》かれた陰口だ。生きていたとわかれば、またそう言って後ろ指をさす輩《やから》は必ずいるだろう。

　見ておけ。いつか引っくり返してやる。

　フランツの中にはいつも、そう叫ぶマグマが眠っている。

「フランツ、味方はいるからな」

「ああ、ありがとう。会えてよかった」

　友の肩を軽く抱きしめ、フランツはホール中央のステージに置かれたグランドピアノに目をやった。

　プレイエル・ピアノ。

飴色《あめいろ》に磨かれたウォルナットのグランドピアノは、そう呼ばれている。

製作者は、ハイドンに学んだ音楽家、イグナーツ・プレイエルだ。

一七八九年の大革命で音楽家としての職にあぶれた彼は、楽器製作の道を選び、苦労してピアノ工房を設立した。息子で現社長のカミーユもまた、優れたピアニストだったという。ダンパーペダルの発明や金属フレームといった革新で話題を振りまいているが、カミーユの根幹にも、音楽家だからこそ生まれる理想の「音」があるのかもしれなかった。

プレイエル・ピアノは、歌声《シンギングトーン》とも呼ばれるやさしい響きと軽いタッチで、同世代の音楽家たちを虜《とりこ》にしていた。その筆頭がショパンだった。

ショパンという音楽家を知ったのは、十一歳のフランツが空前絶後の大成功を果たした、ウィーン・デビューの時だ。

各紙興奮ぎみのレビューが並ぶ中、唯一冷ややかだったワルシャワの新聞。そこに、フランツと対抗するように大きく取り沙汰されていたのが、ポーランドの神童だという「ショパン君」だった。

見知らぬ国の大人の、むき出しのライバル宣言にはあきれたが、ショパンという一歳年上の少年に会いたくてたまらなくなった。

勝手にライバル扱いされるくらいなら、実際に会って勝負してみたい。なにより、「ショパン君」になら、誰にも話せない自分の胸の内を打ち明けられるかもしれない――そんなふうに胸が高鳴った。

以来、フランツは「ショパン君」と過ごす自分を空想するようになった。同じ高みで音楽を愛し、ときに口論し、心の奥深くに必死で隠した悩みや苦しみを共有できる友だち。それは、演奏旅行で学校に通うこともできなかったフランツが編み出した、子どもらしい慰めだった。

「ほんと、かわいいリッツだな」

少年時代のあだ名を自嘲気味に呟き、フランツは鍵盤を見渡せる左端の座席に腰を下ろす。ホールは、あっというまに人で埋まっていた。

今夜の公演は、コレラの蔓延《まんえん》により、昨年のクリスマスから二度にわたって延期されている。この二月二十六日の開催が告知されたときには一気に噂が駆けめぐるほど、パリ社交界の人々はショパンに期待を寄せていた。

真ん中の特等席には、プレイエル社長と長年の友カルクブレンナー。フランツと同年のスターピアニスト、マリー・モークの姿もある。遠目でも目立つフェリクス・メンデルスゾーンの右には、美しき社交界の花形、ポトツカ夫人が座っていた。

こちらに気づいた夫人の優雅な会釈に返礼していたフランツの横を、ふいに、一陣の風のように通り過ぎる男がいた。

男は挨拶もなしに、ごくあたりまえの日常のように壇上を歩き、鍵盤の前に腰かけた。ごく短い沈黙ののち、ふわりと両手を持ち上げる。フランツからは後ろ姿しか見えない。しかし。

あの巻き毛。あれは――。


瞬間、男が両手を一気にピアノに叩きつけ、眩《まぶ》しいほどの音が飛び散った。極彩色の鮮やかな世界が、一枚の画のように眼前に広がるのを感じて、フランツは息を呑んだ。

空に放たれたその音は、細やかに分裂し、粒となり光の滝のように流れ落ちて、周囲を満たした。フランツはその光につられて天まで昇っていくような恍惚《こうこつ》を覚え、次いで海の底へと引きずり込まれていくのを感じた。

圧巻は終曲だった。

なんて激しく、なんて生々しい。

目にも止まらぬ速さで鍵盤を駆け抜ける指。それらが紡ぎ出す音は、燃えさかる炎のように、氾濫する大河の激流のように荒れ狂い、体の奥から熱い塊を引きずり出す。

あのマグマだ。

俺の怒り。絶望。――そして生きているという実感！

どうしてこんなにも、俺のことがわかるのだ。

どうして、俺の音楽が書けるのだ。

フランツの衝撃をあざ笑うかのように、音は、激しい慟哭《どうこく》を最後に途切れた。

一瞬の静寂のあと、割れるような拍手と喝采が沸き起こる。

フランツは、その音でようやく我に返り、自分が呼吸を止めていたことを知った。大きく息を吸ったが、全身が震え、立ち上がることができなかった。

喝采に応える演奏者を、たちまち興奮した観衆たちが取り囲んだ。

ひっきりなしにやってきては、名残惜しそうに去っていく人々の波がようやく途絶えると、壇上から降りてきたその男――フレデリクの目がフランツをとらえた。

あの、青灰色の空の目だった。

「君、この前の……」

「……あんた、すげえな！」

フランツは、呆然と呟いた。言葉が出てこないもどかしさに、思わず舌打ちしそうになる。

「すまん。震えて立てないんだ……！」

興奮しきったフランツを見て、フレデリクは少し笑った。

「そりゃどうも」

「痺《しび》れるような音色だった。透明で、純粋で、魂が解き放たれるようだった。かと思えば、嵐みたいな渦に俺たちを巻き込んで、深く沁みわたる。プレイエル・ピアノの音は決して派手じゃないのに、あんたの一音が、ここの空気を一変させた」

そう、まさに空気が変わったのだ。

歓喜と興奮が、その音から発散していた。一心に音を紡ぐ彼の周りに、きらきらと鱗《りん》粉《ぷん》が舞うようだった。

そして最後のあの曲だ。エチュード　作品10より第12番。

「あのエチュードはなんだ!?　神に見放された人の叫びみたいな、胸を引き裂くようなあの曲。どうすればあんな、完璧な音楽を作れる!?」

畳みかけると、当人ははにかむように呟いた。

「……そんな熱烈な感想、はじめてだ」

「燃えさかる火の粉を眺めてるみたいだった。強くて揺るがない自由への憧れと――」

大きく息を吸い、確信を告げる。

「生きてやるっていう叫びが聞こえた」

「……そうかもしれない」

「俺……あの音をずっと探してた気がする」

意味不明だと笑われるだろうが、それが本心だった。荒れ狂う音の洪水の中で見た、燃えるような熱と光。ここにだけは、真実があると思った。

予想に反し、フレデリクはゆっくりと呟いた。

「君もか……」

そして、嚙《か》みしめるようにその名を発音した。

「フランツ・リスト、だよな。十一でデビューして、パリ社交界を席巻した『ハンガリーの神童』。――ピアノ、弾くんじゃないか」

ニヤリと笑う。フランツもまた、ニヤリと笑い返した。

「なんでわかった、フレデリク・ショパン？」

「君は尋常じゃなく美形で目立つヤツだったし、指の形がピアノ向きだった。もしかしたらと思ってはったりをかけたら、案の定。君こそあれから、俺のことを調べてただろ？」

フランツは肩を竦《すく》めた。

巻き毛に青灰色の瞳。優雅な物腰のフレデリク。カフェで出会ったいけすかない青年が、あのポーランドの神童ではないかと思いついたのは、その日の夜のことだった。はじめて会ったのに、奇妙な確信があった。「ショパン君」――新聞や雑誌に描かれた〝ピアノの詩人〟は優しく繊細なイメージだったが、イメージがまやかしであることは自分が一番よく知っている。すぐさま尋ねてまわると、予想通り、彼はパリに来ていた。

　フレデリクは苦笑した。

「君のせいで、ポトツカ夫人に説教されかけたぞ。『あなた、私のかわいいリッツになにをしたの？』」

「ははは、似てる」

　巧みな声真似に、フランツは声を上げて笑った。

　デルフィナ・ポトツカは、二十代半ばの美しい伯爵夫人だ。甲高い声で「しゃべると台無し」と言われながらも、そのチャーミングさがみなに愛されている。

　ひとしきり笑ってから、フランツは思い出したように腕を組み、相手を睨んだ。

「実際、あの日はやってくれたよな？」

「何を？」

「『フランツ・リスト。君に覚悟があれば』」

「ああ……」

「『楽しみにしているよ』」

　フランツの声真似も、いい線を行っていたと思う。なにしろあの日は悔しくて、繰り返し脳内再生せずにはいられなかったのだ。

「悪かったよ」

まいったと苦笑するフレデリクを、フランツは射抜くように見つめた。

「覚悟なら、俺にはあるよ」

そう告げると、フレデリクは目を眇め、まっすぐに見返してきた。ぶつかり合う視線の中央で火花が散る。

「あんたには負けないって覚悟が」

言うや否や、フランツは壇上のピアノに向かっていった。

ポーンと鳴り響いた音に、周囲のざわめきがわずかに静まる。気まぐれに響いた即興の音が、やがて聞き覚えのあるアルペジオを紡ぎはじめた。

エチュード　作品10より第1番。フレデリク・ショパンが、冒頭で披露したばかりの練習曲だ。

左手が奏でる雄大な旋律と、右手の分散和音。4オクターヴを超えるめまぐるしい音の洪水は、讃美歌のようでも、清流のようでもある。思わぬ趣向に、会場の視線が一気に集まる。

「あれ、フランツ・リストじゃなくて？」

「死んだと聞いたがな」

「そもそも、あの曲はさっき発表されたばかりの新作だろう？」

言いたいなら言えばいい。雑音は、もはや気にならなかった。

これは俺の覚悟だ。

俺の、音楽だ。

フランツの指は、主題を驚く程正確に再現しながらも、しだいに華麗な装飾を加えてフレデリクを挑発した。

呆然と見つめていたフレデリクが、いつのまにか登壇している。作曲者本人がフランツの左隣に腰かけると、会場の興奮は一気に高まった。

四十秒を過ぎたところで、低音部《セコンド》のフレデリクが重厚な和音を重ねてきた。フランツは高音を鳴らし、「こいよ」と煽《あお》ってやる。すると一瞬、躱《かわ》したかに見えたフレデリクが、なんと中間に新しい旋律を重ね「どうだ」と攻めてきた。

右手のアルペジオを止めることなく、フランツは思わず叫んだ。

「やるな！」

「君もな」

殴り合いのような音の駆け引きに、どこかの令嬢が叫び声を漏らし失神した。声は呼び水になって、口笛や喝采がホールに溢《あふ》れていく。

川と川が集まって大河となり、海へと流れ込むように、音楽は高まっていく。一台のピアノが、まるで轟音《ごうおん》を立てるオーケストラのように、その場を支配していた。

即興の一音が奇跡のように重なり合う。ふたりは顔を見合わせた。

——最高だ！

こんなに楽しい時間が、今までにあっただろうか。

この音を求めていたんだ。俺たちはきっと、全身全霊をかけて。

＊

「俺はずっと、君に会いたいと思ってた」

控室で長椅子に倒れ込み、フレデリクが言った。

「奇遇だな。俺もだよ」

フランツの息も弾んでいる。フレデリクは長椅子から身を起こし、こちらに向き直った。

「君を知ったのは、まだ子どもの頃、大騒ぎになった君のウィーン・デビューのニュースだった。あの記事——」

「われわれのなかに神あり」

ふたりの声が見事に重なり、思わず爆笑した。フランツは憮然とした声を出す。

「しかし、唯一ワルシャワの新聞だけは辛辣だったぜ。『天才ショパン君の演奏を聴いたあとでは、リストがいるウィーンをうらやむ必要はあるまい』てさ」

「『天才ショパン君』としては遺憾だ」

わざとらしく苦い顔をしてみせるフレデリクに笑って頷き、フランツは続けた。

「まあ、それ以上に、パリは手ごわかった」

高い窓から天井に連なる繊細なレリーフが目に入る。今頃サロンでは、絵画から飛び出してきたように着飾った粋人たちが、ふたりの噂話をしていることだろう。

ウィットに富んだ会話。貴婦人たちの笑い声。

文化の中心地パリには、今も昔もヨーロッパ中の名だたるピアニストが集まる。父がこの街を目指したのは当然だったが、上京したとき、自分はまだ十二歳を迎えたばかりの子どもだった。

「ガキだった俺を、カルクブレンナー大先生がなんと評したか知ってるか?」

「さあ?」

「『すぐにぜんまいが切れるオルゴール時計』」

フレデリクが、笑いを呑み込むように咳《せき》ばらいした。厳しいな、などと神妙ぶるのが癪《しゃく》で、投げやりに言ってやる。

「笑えよ!」

「ははははは、すまん」

「二流の烙印《らくいん》だよ」

今もまさに、この屋敷の主であるかのように振舞っているだろう、巨匠カルクブレンナー。長らくパリ楽壇に君臨し、「ピアノのモナ・リザ」と呼ばれた彼の一言は、その後のフランツの活動に影を落とした。

パリ音楽院からは、外国人という理由であっさり入学を拒否された。当時の院長は、イタリア人作曲家ケルビーニだったというのに。

結局、出る杭《くい》は打たれるということだ。パリの楽壇にうごめく権威主義や嫉妬、足の引っ張り合いを、フランツは少年の頃から見てきた。どす黒い、灰色の街。それがパリの印象だった。

「サロンじゃ引っ張りだこになったが、自分がほんとに滑稽なオルゴール人形になったみたいで、みじめだった」

「そうだな……」

思案気に俯くフレデリクに目をやり、彼もそうだっただろうか、と思う。演奏活動への疑問。観客への嫌悪。やがてフランツは疲れ切ってしまった。

「もうピアノをやめたい、聖職者になりたいって親父《おやじ》に訴えたのが五年前。すぐ止められた。かわりに海辺で休養しようと言われて、北のブローニュ・シュル・メールに出かけてさ」

フランツはいったん言葉を区切り、穏やかに打ち明けた。

「そこで親父が急死したんだ」

「そうだったのか」

余計な追従のない、静かな相槌《あいづち》が嬉しかった。

「なんかさ、目の前で天地がひっくり返るような出来事が起こると、妙に冷静になることってない？」

「ある」

「たぶん、それだったんだよな。俺、十五だったんだけど、なんとか葬儀を済ませて、パリに戻ってさ。未払いのギャラ回収して、親父の借金返して、安めの物件に移って。ピアノ教師として身を立てることにしたんだ。この顔のおかげで生徒はすぐ集まったから、仕事は軌道に乗った。で、まあまあ落ちついたかなって頃になって、猛烈にむなしくなった」

あの時の、圧《お》し潰《つぶ》されるような気持ちは忘れたことがない。

思い描き、進むべきと思い定めてきた芸術の道からあまりに遠いところに、自分はいたのだ。

「俺の音楽は、食ってくための職人芸になり下がっていた。上流階級のミナサマを愉《たの》しませるだけの余興、本当にオルゴール人形だった。そう気づいたら眠れなくなって、頭痛がして、息苦しくなって——俺は人前に出ることをやめた」

以来、フランツはピアノから離れて暮らしてきた。

丸二年、病を癒やしながらカトリックの信仰に没頭し、教会に通った。世俗を捨てたいという願いは母のためにあきらめたが、自分はかりそめの献身者だと思って生きてきた。

教会に響くオルガンや、澄んだ歌声が好きだった。膝をつき、頭を垂れて司祭の聖句を聴いていると、神童だった頃の穢《けが》れない自分に戻れる気がした。

厳かな旋律とともに、魂は天へと引き上げられていく。

高みへ。高みへ。

「でも今日、あんたの音楽を聴いて、ひさしぶりにピアノが弾きたいと思った。やりたいことはここにある。まだ、この胸の奥に眠ってるって、気づいたんだ」

フレデリクの音楽に、同じ恍惚を感じた。それ以上に強烈な、生の実感を。

見開かれた彼の瞳に、歓《よろこ》びがあふれる。

「覚悟、あったな」

「当然だろ」

フランツの手を握り、フレデリクは微笑んだ。それから、記憶に潜るように俯いた。

「俺は君と違って、ずっとワルシャワで、仲のいい家族や仲間と平凡に暮らしてた。でも、あたりまえに続くと思ってたその暮らしが突然、断ち切られてね」

「十一月蜂起か……」

「ああ」

七月革命の年の秋に起こった、あの暴動だ。ロシアの支配に抗《あらが》うポーランドの市民が起こした武装蜂起だという。結局は、強大なロシア軍によって制圧されてしまった。

フレデリクは、淡々と言葉をつないだ。

「戦う友人たちを尻目に、俺は祖国を逃れてきたんだよ」

「……あの日、カフェであの子を助けたのは、そのせい？」

「そうかもな。なにより理不尽な暴力は許せないと思った」

「彼、無事かな」

「大丈夫だ」

ふたりで助けたポーランド人少年の身を案じたフランツに、フレデリクは確信をもって答えた。その語調をごまかすように、少しおどけてみせる。

「ま、とにかく俺も、パリに来る前は結構グダグダだったんだよ」

フランツもまた、大仰に肩を竦めた。

「おまけにパリはパリで、新政権がグダグダだ。コレラまで蔓延して」

「まったくだ！　おかげで延期つづき。音楽家にとって、演奏する場所を奪われるのがどんなにつらいか、身に染みたよ」

「音楽は贅沢品《ぜいたくひん》だそうだから」

「でも、そこには、生きていくための希望がある」

皮肉に思いがけず返ってきた、決然とした口調にはっとした。

希望。生業《なりわい》である音楽をそんなふうに考えたことは、しばらくなかったような気がする。

「希望ってさ、陽《ひ》のあたるところにできる影のようなものだと思わないか？」

「影？」

「影は、太陽が差す場所にできる。日の光が強いほど、影も濃くなる。でも、曇った朝も、雨の夜でさえ、灯《あか》りをともせば影はできるだろ？」

そう言うフレデリクの瞳に、またあの青い炎が揺らめいて、消えた。

「俺にとって音楽はたぶん、そういう灯りなんだと思う」

音楽を奏でる意味。自分は大切なことを忘れかけていたのかもしれない。

「……そうだな」

フレデリクは立ち上がると、大きく伸びをして言った。

「まあ、ショービジネスも政治とつながってる。今パリには、たくさんのポーランド難民がいて、左派のインテリたちが関心を寄せていると言われた」

フランツは、はっとして口を開いた。表に大きく掲げられた、ポーランドの垂れ幕。

「カミーユ・プレイエルか」

「そう。彼だって商売だ。俺は祖国を愛してるし、思惑は一致してる。ただ……」

「利用してるみたいだよな」

フランツの言葉に、フレデリクはそっと頷き、晴れ晴れとした声で続けた。

「でもあの日、君に会って決めた。あいつが覚悟を決めるなら、俺も踏み出してみようって」

その顔に、ここにはない陽光が差し込んだように見えた。

眩しげに目を細めたフランツが答えようとした、瞬間だった。

「ショパンさま、面会の方がお見えです」

係員の声だった。フランツも立ち上がる。

「俺、行くよ。あんたを独占しすぎたみたいだ」

「こっちこそ。美しいご婦人方が、話したそうに君を見てた」

「あんたと話したいんだと思うけど」

「違うって。俺も挨拶しなければならない人がいるから」

そうしてフレデリクはおもむろにドアを開けると、待ち人に声をかけた。

「ミツキエヴィチ、ちょっと待っててくれ」

その様子が、なんだかおもしろくない。子どもみたいな独占欲に、自らあきれてしまう。こちらの気持ちを察しているのかいないのか、彼は振り返って言った。

「じゃあ、またな」

「ああ」

フランツは大きく息を吸い込んだ。

そして目の前の男に、決然と告げてやる。

「フレデリク」

「もっと聞かせてくれ。あんたの好きな言葉、好きな音楽。あんたのことを、もっと知りたい！」

書簡（１８３３）

ヒラー、わが友。元気にしてるか？

パリでのデビューから、一年半が経《た》とうとしてる。

筆不精を詫びるよ。フランス語では、書くより口で言うほうが、ずっとうまく言い訳できるんだけどな。また一緒に歩道を歩きながら、君の家まで押しかけて、許しをこえたら——

なんてね、俺は今、なにを書いているのかわからずにペンを走らせている。

というのも、横でリストが俺のエチュードを弾いているから、まじめなことなど考えていられないんだ。

リストの演奏は、褒めていいと思う。

自分の曲をどう演奏すればいいか、彼から盗み取りたいくらいだ。

ヒラー、おまえ、ショパンのすばらしいエチュードを知ってるか？

実にすばらしいエチュードだ。

すばらしいなんて言葉は、リストのエチュードが出版されるまでのことだ。

作者様のつまらん謙遜だな。

リスト殿下の底意地の悪さよ！
おかげで、この手紙の誤字を直したのがリストだと、釈明しなければならないね。
彼はなんやかんやと世話焼きなんだ。
ヒラー、九月には帰るのだろう？　帰るときは先に知らせてくれ。みんなで夜会を開いて、歓迎するつもりだ。

草々
F・ショパン

そして、F・リストによる共同制作

第三場　献呈

「おまえな」

フレデリクは、ため息をついてフランツを睨みつけた。

「なんだ？」

フランツは、奪ったペンを手に、飄々《ひょうひょう》と返事をしてみせる。すました顔にいら立ちながら、フレデリクは机の上の手紙を指さした。

異なる筆跡が子どもの落書きのようにのたうつ、なんとも無惨なありさまだ。

「人の手紙に好き放題書きやがって！」

「それはそれは、非礼を詫びよう」

フランツは大げさに両手を広げたが、その顔に謝罪の色などない。

「でも、ヒラーだってこのほうが、パリへの足どりも軽くなるさ。だいたい、フランス語の手紙は毎回、俺が添削して終わるんだから、共同制作で間違いないだろう」

「おまえ……そういうとこだぞ！」

フレデリクはあきれ返る。

勝ち誇ったように笑っているフランツ・リストはきわめて美しい青年だった。

一八〇センチの長身に、やや浅黒い肌。ハンガリーの血によるものか顔の造作は鋭く、彫りが深い。凛《りん》とした眉。貴族的な鼻筋。大きな黒い瞳は時折、深い緑色の光を帯び、長めに伸ばした金茶の髪が、その相貌に仄《ほの》かな翳《かげ》を落とす。

しかし、なにより特徴的なのは眼差しの強さだった。激情をはらんだその目に反して、口元に浮かぶ笑みはやさしい。好んで纏《まと》う黒の上着は男らしい胸板を強調するが、どこか孤独な佇《たたず》まいのせいか、彼を禁欲的な聖職者のようにも見せていた。

つまり、相反する要素が、フランツに不思議な魅力を与えていたのだ。

黙ってピアノを弾いていれば、アポロンもかくやなのに。

ふいに悪戯心《いたずらごころ》に駆られ、フレデリクは大仰に詠嘆した。

「俺のエチュードを初見で弾けずにプライドをへし折られ、雲隠れして二週間、強化レッスンしていた〝かわいいリッツ〟はどこへ行ったのか！」

「うるせえ！」

案の定、フランツはようやく顔色を変えた。

出会って一年半。どんな口調で何を言えば相手の心を毛羽立たせることができるのか、お互いよくよく知っている。

こちらの思惑を読んだかのように、フランツはむきになった。

「いかなる達人も、人知れず努力を欠かさないものだ。俺は努力型の天才なんだ！」

「はいはい」

人知れずどころか、フランツの猛特訓はパリ中が知っている。微笑ましさにゆるむ顔を隠し、フレデリクは机に向き直った。

瞬間、こちらを見ろと主張するような足音とともに、フランツの宣言が響き渡る。

「それに今や、こんなにも見事に弾ける！」

ピアノに戻ったフランツの指から、鋭い音がこぼれだした。

エチュード　作品10より第4番。

バッハが活躍したバロック時代への憧れをこめた、フレデリクの自信作だ。正確な打鍵による16分音符のパッセージが、フランツの長い指から、激しく情熱的な音となって紡ぎ出される。

フレデリクはそっと目を閉じ、音の奔流に身をゆだねた。

エチュードは、どれもフランツによく似合った。デビュー公演でセッションした第1番もそうだったが、まるで彼に誂《あつら》えたかのようにしっくりくるのだ。

ふいに音が止まり、フランツが不平の声を上げた。

「おい、ちゃんと聴いてる？」

目を開けて振り返ると、ピアノの前に夏の王がいた。

差し込む六月の光を背に、フランツは浩然《こうぜん》とこちらを見つめている。美しい支配者を祝福するように、窓辺の花瓶がキラキラと瞬き、白いカーテンが風に吹かれて揺れた。

「……聴いてた。すごいよ。ほんとに特訓したんだな」

「だろ？」

フレデリクの言葉にぱっと顔を輝かせたフランツに、思わず感心してしまう。

「おまえの美点は、本音を包み隠さずに言えるとこだよな」

「おう」

あっさりと肯定されて、今度は苦笑した。

「俺はそういうの、自分の中にため込んでしまうから。おまえのそういうとこ、憧れる」

「褒めんなよ」

「褒めてねーよ」

「あ？」

軽口をたたき合いながら、フレデリクはどこか懐かしい安堵を覚えていた。

温かく、静かな幸福がゆっくりと胸を満たしていく。パリに来てから、フランツの存在にどれほど救われたことだろう。

「まあ、なんやかんやで、面倒見もいいしな。この部屋もおまえが探してくれて――ついでに合鍵も作って、もはや自分の家であるかのように入り浸ってる」

「悪かったな！」

「悪くはない。おまえがいることに、もうすっかりなじんでしまった」

「そう？」

嬉しそうにおどけるフランツと、少年時代の自分が重なって見えた。

そもそもフレデリクとフランツの間には、ピアニストであることや、かつて神童と呼ばれた経歴以外にも、似通った点が多かった。

「おまえは、世間の人が考えるほどパーティー好きじゃない。ひとりでいることを――おまえのうわべだけ知る人は驚くだろうが、これっぽっちも苦痛だと思ってない」

「そうねえ」

「詩や小説の好みも似てるしな。自分の信じるものに対しては、かなり頑固で妥協を許さないところもある。とくに嫌いな食べ物は、頑として受けつけない」

「お言葉を返すようだが、おまえだってそうだろ!?」

「似てるところがあるから、なじみやすいって話だよ」

「それはまあ、そっか」

そう言って微笑むフランツの、時に驕慢《きょうまん》に映る笑顔の裏にさみしさがあるということを、何人が知っているだろう。

フランツ・リストは、奔放なように見えて、注意深く周囲を慮《おもんぱか》る。

「私」よりも「公」を優先するような節があるのは、いささか理想主義的な正義感の賜《たま》物《もの》だろう。しかしその背後には、突然父親を亡くした彼のさみしさがあると、フレデリクは思う。誰よりも自分を愛し、期待してくれた人を喪《うしな》い、その愛に報いる先をあてどもなく探しているのだ。

眩しいほど高潔で、裏を返せば青臭い。そういうフランツの素顔を見るたびに、フレデリクの心は満たされ、同時に疼《うず》く。失ったものを思い出すように。

フランツが戯れるように撫《な》でていた鍵盤から、再び音楽が形になっていく。

エチュード 作品10より第3番。先ほどの激しさとはまるで違う、優しい響き。これもまた、フランツ・リストの音楽に違いなかった。

飴色のピアノの側板に体をもたせかけ、音楽に没頭する演奏者を見つめながら、フレデリクは呟くように言った。

「献呈する」

「ん？」

唐突な言葉に、フランツが静止する。

フレデリクは体を起こし、こちらを見つめる友をまっすぐ見返した。

「このエチュードを、おまえに捧《ささ》げる。俺たちの友情の記念に」

ふたりの目が合う。

「おまえが弾く俺の曲が、俺は一番好きだ」

フランツは美しい顔を歪め、それを隠すように俯いた。

「そうか」

ほとんど吐息のようなひそやかな声だった。そしてもう一度そうか、と呟いて、ゆっくり顔を上げた。

立ち上がった彼は大股で歩み寄り、正面にいたフレデリクを力強く抱きしめた。

「……最高の賛辞だ」

消え入りそうな言葉に、頭で考えるよりも先に体が動き、フレデリクは彼の背中に腕を回していた。

フランツの腕が身動きもできないほど強かったのは、たぶん、泣いているのを見られるのが恥ずかしかったからだろう。フレデリクは、彼の涙が止まるまでじっとしていた。

「腕が痛い」

頃合いを見はからって声をかけると、フランツは腕を解き、髪をかき上げるふりをしてさっと涙をぬぐった。

「そうだな」

フランツはそのまま、窓の外に目をやった。目線の先にある真っ青な空には、教会の白い屋根がひときわ映えている。

「なあ、前にも言ったよな。俺は昔、聖職者になりたいと思ってた。世俗から離れ、聖堂で神に祈り、どこまでも遠い高みまで昇るんだ」

「高みに……」

フレデリクはそのイメージに心を奪われた。

頭に浮かんだのは、かつてたまらない孤独を抱えてすがったウィーンの聖堂だった。祭壇の前には、黒衣のフランツ・リスト。厳かな眼差しには、ただ神だけを宿している。

「おまえのピアノをはじめて聴いたとき、音楽の中で、その夢が叶《かな》うような気がした」

そこまで言って、フランツは振り返った。黒々と意志を持った目が、フレデリクをまっすぐに見つめていた。

「おまえの音楽は、俺の夢だよ」

静謐《せいひつ》な、それでいてどこか切迫した声が、鼓膜を打った。

フランツは大きく息をついて窓際に向かい、その縁に腰を下ろした。

「ショービジネスの世界はまるで鳥かごだ。社交界もまたしかり。人気も友情も愛も、すべてが丸見えで数値化される。いつだって、みなに求められる自分を演じ続けなければならない」

「そうだな」

「そういう、自分たちを縛りつけてるものを振り切って、高みに昇って。その先には一体、何があるんだろうな」

「何だろう、見当もつかない」

フランツの視線の先で、陽光を浴びた尖塔《せんとう》が輝いている。

無数の屋根屋根は、いつもどおり静かな波のようだ。白い雲が、誇り高い鳥のように浮かんでいるのを見て、思わず願望がこぼれ出た。

「でも、いいな。いつかおまえと、ローマの聖堂に行ってみたい」

フランツはフレデリクを振り返り、まっすぐな眼差しを向けた。決意めいたものが瞳をよぎる。

「行こうぜ、必ず。ふたりで遠い山の向こうへ！」

フレデリクは苦笑した。

「自分が背負っている現実を、すべて捨てて？」

「それもいいさ。おまえと一緒なら」

揺るぎない確信に満ちた言葉だった。フレデリクの胸に、ふいに重いものが頭をもたげる。

「……俺にそんな価値はないよ」

「なぜ？」

「世の中の矛盾を知りながら、いつだって見て見ぬふりをしてる」

フランツは立ち上がって、正面からこちらを見据えた。

「でもおまえは音楽で、そういう矛盾に向き合ってるじゃないか。真正面からぶち壊すだけが戦いじゃない。おまえは、立派に戦ってるよ」

フレデリクの体を既視感がつらぬいた。

誰かに、そんな言葉をかけてもらったことがある。

ただの願望だろうか。

言葉を探している間、部屋の中は静かだった。外から、かすかな街の喧騒《けんそう》だけが聞こえてくる。

「なあ、ポーランドの音楽、教えてくれよ」

沈黙を破るように、フランツが無邪気な声を上げた。返事をしない友の肩に腕を回し、鍵盤の前へと誘導する。

いつものように右隣に腰を下ろすと、黙りこくったフレデリクの様子にも怖《お》じず、フランツはふふ、と笑った。

「なあ、教えてくれよ、センセ」

「わかった」

根負けして、フレデリクは鍵盤をなぞった。

おやすみ、イエス様　わたしの真珠
おやすみ、わたしのいとしい宝物
泣きあかし、疲れた瞼《まぶた》を閉じて
泣きじゃくり、しびれた唇をやすめ

記憶を手繰り寄せるように紡いだのは、なつかしい、子守唄の旋律だった。優しく、何かを慈しむように、ピアノの音は響いた。

「綺麗だ……」

うっとりしたように、フランツが呟く。

「『おやすみ、イエス様』という、ポーランドのクリスマス・キャロルだ。コレンダ、と呼ばれてる」

「コレンダ」

彼は、その言葉を舌に乗せ、宝物のようにころがした。

「クリスマスの前、アドベントの季節に、家々を回って歌うんだ。この歌のやさしい響きが、一番好きだった」

「おまえらしいな」

フランツが笑う。フレデリクの脳裏に、幼い日のクリスマスの情景が広がった。

大きなもみの木や、姉妹たちと交わした些細《ささい》なプレゼント。大好きだった母の料理。はじめてオプワテクを分け合ったときは、誇らしくてたまらなかった。

フレデリクは尋ねた。

「オプワテクって知ってるか？」

「オプワテク？　知らないな」

「薄くて白い、ウエハースのような聖パンだ。ポーランドでは、クリスマスに互いの健康や成功を祈ったあと、相手のオプワテクをちぎって食べる。そうすることで、過去の失敗や痛みを分かち合い、赦し合い、新年の幸せを祈るんだ」

「分かち合い、赦し合う、か。いい習慣だな」

フランツが、嚙みしめるように繰り返した。

たしかにそうかもしれない。フレデリクの心に、故郷への愛があふれた。

「ポーランドは大地が豊かで、資源にも恵まれた国だ。バルト海の質のいい琥珀《こはく》や、南のヴィエリチカで採れる塩が、古くから富をもたらしてきた。豊かさは、人をおおらかにし、同時に脅威も引き寄せた」

「そうだな」

「……ワルシャワの十一月蜂起のとき、俺、ウィーンにいただろ？」

「ああ」

「ウィーンの新聞にも、熱い文章が並んでた。『伝統あるポーランド国民は今、ロシアの奴隷の立場から、自由を取り戻そうと立ち上がった！』とかね。新政府が樹立され、各地で志願兵が起ち上がったと知らされると、一緒にウィーンへ来ていた親友も帰国してしまった。俺は郵便馬車に乗ってヤツの後を追ったが……、途中で引き返したんだ」

ふいに、砲弾の音が聞こえた気がした。

冷たく響き渡るロシア語。凄《すさ》まじい衝撃。口いっぱいに広がった、錆《さ》びた鉄の味。

『俺はたった一人のロシア兵さえも殺せないのか！　ユゼフ！　ユゼフ！』

どうして俺は今、ここにいるのだろう——。

「フレデリク？」

名を呼ばれ我に返ると、フランツがこちらを見ていた。

「……父や親友は、決断は正しいと手紙をよこした」

「お父さんたちの言うとおりだ」

「でも、たまらなかった。なんで俺だけ動けないんだろう。なんで戦えないんだろうって」

友はみな戦っているのに。

フレデリクは甦《よみがえ》る痛みに胸を押さえた。

「なにが正しいのかわからないことほど、苦しいことはないよな。ウィーンの人々にとっても、ポーランドは反乱分子だった。芸術家連中は俺を遠巻きにしたし、道を歩けばこんな囁きを耳にした。『神様のたった一つのあやまちは、ポーランド人をお創りになったことだ』」

「そんな！」

フランツは、自分が冒瀆《ぼうとく》されたかのように傷ついた顔をしていた。友の中にいる、かつての自分を慰めるように、フレデリクは言った。

「ちょうど、アドベントだっただろ？」

「……ああ」

「教会に出かけて、心を慰めた。プレゼントや母の料理を囲んで、コレンダを歌うクリスマスを思った。そしてひとりきりの下宿に戻って、夜じゅう何度も、この曲を弾いたんだ」

フレデリクは、再びコレンダをなぞった。

顔を上げると、無言で目を潤ませているフランツの横顔が目に映る。ふいに、強い衝動が体中を駆け抜けた。

あのことを、打ち明けたい。

この男に、言ってしまいたい。彼ならば、地獄に堕《お》ちても変わらないかもしれない。馬鹿みたいにまっすぐだから、いつまでもフレデリクを友と呼び、隣にいてくれるかもしれない。それを思うと胸が疼いた。

でもだめだ。絶対にだめだ、とフレデリクは思う。

変わってほしくない。帰る場所でいてほしい。

さらさらと癖のないフランツの髪を見つめながら、フレデリクは厳かに言った。

「弾薬は心に秘めて、病者を装え。ただ運搬物の中身は、誰にも知られるな」

髪を揺らして、黒い瞳がフレデリクを射抜く。

わずかな沈黙のあと、フランツが尋ねた
「それは？」

「俺の信条だ」

再び沈黙が降りた。

張りつめた空気を打ち消すように、フレデリクは立ち上がった。

「……そろそろ、出かける支度をしなくてはならない」

フランツも立ち上がり、ピアノの蓋に手をかける。

「ああ。レッスンだっけ？」

「いや……」

「ポーランド芸術協会？」

フレデリクは机の書類に手を伸ばし、笑って返事をした。

「ああ。旅券のことやらなんやら、いろいろあってな」

「そうか……」

「あっ」

取り上げた紙の束から、封をされた手紙が落ちる。

いけない。すぐに拾おうとしたフレデリクの面前から、フランツの長い手がそれを優雅にかすめ取った。

「――っ、またあいつか！」

表書きを見た彼が、不機嫌そうな声を上げる。

「ポーランドの英雄的詩人ミツキエヴィチ。おまえのことが大好きで、しょっちゅう呼び出して、あちこちのサロンへ連れまわしたりするんだろ。あんまり筆まめだから、ポーランド語のスペルまで覚えちまった」

フレデリクは苦笑した。

「まあ、そう言うな。たしかに強引な男だが、彼の詩はほんとうに素晴らしい。読んだことは？」

「ない」

憮然と答えるフランツに、今度こそ笑ってしまう。

「なにすねてるんだ？」

「すねてねえよ！」

軽口にほっとしたのもつかのま、彼は真顔に戻って静かに問うた。

「それより、おまえ、今朝うなされてただろ。なんか、知らない名前を呼んでた」

「……そうか」

フレデリクははっとして口元を覆った。

「俺にできることがあったら、いつでも言えよ?」

気を許しすぎている。飄々としているようで、この男は周囲の人間をよく見ているのに。

「わかってる。頼りにしてるよ」

その返事に安堵したように微笑むと、フランツは切り出した。

「……あのさ」

「ん?」

「俺もそろそろ、本格復帰しようと思ってる」

一転して、フレデリクの心を歓びが支配する。

「その言葉、待ちわびたぞ!」

まったくの本心だった。

一年半。間近で彼のピアノを耳にしながら、どんなにそれを願っただろう!

「ランベール館のサロンで、新作を発表することになった。パガニーニの『鐘』による華麗な大幻想曲。本家を超える出来だと自負してる」

その言葉に、鬼才のヴァイオリンに出会った夜の感動が甦《よみがえ》る。

「あの曲！　興奮して一晩中語り合ったやつか！」

「そう。おまえがいたから書けた曲だ。聴いてくれるよな？」

「もちろん。なにをおいても駆けつける」

フレデリクの応えに大きく頷くと、フランツは手早く身支度を整え、部屋を出ていった。

あいつがいなくなると、やけに静かだ……。

フレデリクはひとりごちる。

なあ、ユゼフ。俺は明るく暮らしているよ、とくに「仲間内」ではね。

でも、内面にはいつも、あの日のことが澱《おり》のように漂っている。生きることへの欲望が、次の瞬間には死への欲望に変わる。

そして時折、はっきりした記憶が甦って、不安になる。気持ちが恐ろしくごちゃまぜになって、ひどく、混乱するのだ。

「ユゼフ……」

小さな声が、道に迷った幼子のように、静寂の中に響いた。

第四場 〜 誓い

フランツ・リスト復活。

その衝撃が人々——とりわけ貴婦人たちに与えた影響は絶大だ。

サロンが開かれている大広間は、洗練された調度に目をやる隙間もないほどの人に埋め尽くされていた。小鳥のさえずりのような噂話が、鳴りやむ暇もない。

「彼は野心家ね。私がはじめて見たのは、マルリオーズ城でのことだったけれど」

「ああ、ラプリュナレード伯爵夫人の……」

「しっ。その名前は禁句よ。〝王女さま〟の逆鱗《げきりん》に触れてしまう」

「やっぱり、今は彼女のものなのね！」

「はあ……。リストを独り占めするなんて、ダグー伯爵夫人はずるいわ」

「彼女が相手では勝てっこないもの……」

「まあ、本気で狙っていたの？」

「夫にはショパン、友人にはヒラーが最適だと思うけど、やっぱり愛人にするならリストがいいでしょう？」

「まあ！」

ほほほ、と上がる笑いにげんなりする。

巻き込まれぬように息をひそめながら、フレデリクは壁際でグラスを傾けていた。

しかしその配慮も、まもなく杞憂に終わった。フランツが現れたのである。

彼が現れた瞬間、広間にたむろしていた貴婦人たちの目は陶然となってしまった。

いつもの黒衣——とはいえ当代一のテーラーで仕立てたばかりの最新作——で現れたフランツは、その場の紳士たちよりゆうに頭一つ分は背の高い、文句なしの貴公子だった。

彼は、無駄のない足取りで広間を移動した。その長い脚、優雅な身のこなしに寄り添うように、まっすぐな金茶の髪が揺れる。悔しいが、男のフレデリクから見ても、惚《ほ》れ惚《ぼ》れする姿だ。言葉を交わす貴婦人たちの目にハートが浮かんでいるように見えるのも、いたしかたないことだろう。

思わず見とれていると、フランツの大きな目がフレデリクをとらえた。

我に返り、あわてて挨拶に向かおうとしたが、相手のほうが大股で近づいてくる。

「フレデリク、来てくれたか！」

「行くと言っただろう」

突き刺さる貴婦人たちの視線を感じながら、フレデリクは友をバルコニーへと誘い、ようやく不満をぶつけた。

「おまえ、今夜の主役は自分だって宣言したそうじゃないか。ほかの共演者たち、カンカンだぞ。おかげでさっき、美人のソプラノ歌手に嫌味を言われた。なんで俺になんだよ！」

フランツはすっかり素《す》に戻り、さも愉快そうに笑った。

「今更だろ、相棒？」

「派手にやらかすかと思えば、このあいだは蠟燭《ろうそく》一本の薄暗い部屋でバラードを弾いたって？　ベルリオーズが言ってたぞ」

調子のいいフランツに、フレデリクは先ほど聞いたばかりの話を突きつけてやる。

『幻想交響曲』で知られる作曲家が、フランツの奇抜な演奏に度肝を抜かれたと報告してきたのだ。曰《いわ》く、

『あいつは暗闇で弾こうと言い出して、サロンの灯りを全部消した。本当の暗闇だった。やがて厳かな音楽が流れ出すと、あいつが呼び出した作曲家の亡霊が語りかけてくるようで、私は内心ぞっとしたぞ！』

しかし、当の本人はどこ吹く風だ。

「そんなこともあったなあ」

「適当だな！」

「適当じゃない！　試行錯誤と呼んでくれ。俺は、自己演出の手段をいつも探してる」

「自己演出？」

得意げなフランツを訝《いぶか》しみながら、フレデリクは聞き返した。

フランツの瞳が屋敷の灯りをとらえ、ふいに光を帯びた。

「今、演奏会はこうして何人ものアーティストが出演するのが普通だろ。とくに女性歌手は必須。そんな旧時代の通例が、いつまでまかり通るんだ？」

問いかけられはっとした。考えたこともなかったからだ。

そんなフレデリクを満足そうに一瞥《いちべつ》すると、フランツは御影石《みかげいし》の手すりに腕をかけ、闇に沈む庭園を背にその目を眇めた。

「俺はいつか、ひとりきりでステージを支配する」

強い意志を湛えた眼差しの下、笑みを含んだ口元が冥界の王ハデスのように歪む。見たことのない表情にフレデリクは面食らったが、不愉快とは思わなかった。

「……本気か？」

「本気さ」

一瞬で、いつもの快活さに戻ったフランツがこちらを見た。

「いいか、フレデリク。想像してみろ。ステージの中央にピアノだけが鎮座し、巡礼者のようにピアニストがやってきて、祈りを捧げるんだ。そして詩を朗誦《ろうしょう》するように、ピアノで思いを綴《つづ》る」

頷いて、いつか本で読んだ古代ギリシャの情景を思い浮かべた。

「朗誦はラテン語でRecitatio《リシタティオ》だから――」

「『リサイタル』と名づけよう」

フレデリクの言葉に、フランツがすかさず答える。

「リサイタルでは、巨匠たちのクラシックも、俺たちの新曲も披露する。オペラ座で流行《はや》ってるアリアをカバーしてもいい。楽譜出版なんてまどろっこしい手間をすっとばして、俺が観客に直接、最新ヒットを届けるんだ。手はじめにロンドン――いや、ベルリンか？」

「ベルリンならメンデルスゾーンが、現地のお偉方につないでくれるはずだ」

「だな。そうして、いまにヨーロッパ中を回る。ヨーロッパツアーだ。オペラハウスのない町にも、小さな村にも、平等に音楽を届ける」

フレデリクは、心が浮き立つのを感じた。

「いいかもな。ほとんど無料で、かわりにスポンサーを募る」

「ああ。おまえも気づいてるだろ？」

と問いかけ、フランツはフレデリクをじっと見つめた。

「いまはピアノの時代なんだ。ピアノはどんどん進化してる。おまえのプレイエルに、俺のエラール。完璧な7オクターヴの音域に、素早いアクション反応。最新の楽器こそが、俺たちの音楽を支えてる」

一気にまくしたてると、フランツはそれこそ奇抜なアイデアを披露した。

「これからのツアーでは、行く先々の地元メーカーにも協賛してもらう。ウィーンではグラーフとシュトライヒャー。イギリスではブロードウッド。スペインではボワスロに。各社はますますしのぎを削って、技術開発に邁進《まいしん》するはずだ。そこから生まれる音は、モーツァルトやベートーヴェンの時代とは比べ物にならない。弱音から大音響まで、ピアノ一台で――」

大きな手が、光にかざされた。

「この十本の指で作り出せる！　生まれた場所も身分も関係ない。ハンガリー生まれのリスト・フェレンツ――病弱だった少年が、憧れの大スターになれる！　ピアノは、無限大の希望なんだ！」

フレデリクは、そんなフランツをじっと見つめていた。

情熱に満ちた瞳にあふれるほどの光が反射し、緑色に輝く。

「おい、いまの話聞いてた？」

フレデリクの様子に気づいたフランツが、不満げに尋ねてきた。フレデリクはあえてはぐらかしてやる。

「いや。途中からずっとおまえの顔を見てた」

「は!?　なにそれ」

目を白黒させるフランツの様子に破顔し、フレデリクは笑い出した。

「おまえ……ほんとにぶっ飛んでるな！　おまえの話聞いてると、自分の悩みが馬鹿みたいに思える！」

「あ？」

フランツはいまだ不服そうだ。

フレデリクは俯き、彼に感じた眩しさを言葉にした。

「俺は、演奏会向きじゃない。観客がいるだけで息がつまりそうだし、眼差しにすくんでしまう。でも、おまえならきっとできるよ。観客を惹《ひ》きつけられないときも、彼らを制圧できるんだから」

「……『惹きつけられない』は余計だ」

フランツは、嬉しげに照れ隠しをした。

フレデリクはバルコニーの手すりに手をつき、暗闇の向こう側に目を凝らす。

「なあ、フランツ。俺にとってピアノは、言葉のかわりだった。喜びを打ち明ける日記であり、悲しみに立ち向かう唯一の武器だった。でも、今ならわかる気がする。俺は俺の言葉で、音楽で、人々の心を動かしたい。そのために、できることならなんでもしたい。そして、失《な》くしてしまった故郷を、取り戻したい」

そんな資格が、自分にはないとしても。

この男と一緒ならば、そうありたいと願う自分に近づけるかもしれない。

フレデリクはこのとき確かに、そう信じることができた。

想いを分かち合うように、フランツが言葉を重ねた。

「俺たちは最強だ。一緒に音楽の革命を起こそう。おまえが書いて、俺が演奏する。いつか、おまえが故郷を取り戻すことができるように」

それは、力強い友の誓いだった。

熱い言葉を少しはにかむように、フランツは続けた。

「俺、おまえに書いてほしい曲がたくさんあるよ」

「ああ。おまえとならできる気がする」

フレデリクの返事に強く頷くと、フランツは広間へと戻っていく。

彼の時間がきたのだ。

颯爽《さっそう》と登場した彼は、もはや「かわいいリッツ」ではない。凄味《すごみ》をまとった姿に、まるで電気ショックが走ったように一同が注目した。肩につく金茶の髪をかき上げ、その指先が音を奏ではじめる。

それは鐘《ラ・カンパネラ》の音だった。ヴェネツィアのサン・マルコ広場に鳴り響く、晩鐘だ。ざわめきは静まり、神々しい空気が周囲を満たした。

その音楽は人々にとって、まったく新しい「体験」だった。

張りつめた水晶のように研ぎ澄まされた音は、即興から生まれているとしか言いようがなかった。右手で弾いたらなんでもないパッセージが、左手を交差するように披露される。音でも視覚でも魅せる、達人の技。

流れ出す音と響きの洪水に、人々はただ、圧倒されていた。

駆け抜けるような最後のパッセージとともに、音楽が鳴りやむ。

一瞬ののち、喝采が沸き起こった。

ピアノのパガニーニになる、とフランツは言っていたが、ふたりはまったく違うとフレデリクは思った。パガニーニが悪魔なら、この男は魔王になるだろう。

「ありがとうございます」

フランツが、熱狂に応えて話しはじめた。

「ご存知のとおり、私は幼少期をウィーンで過ごし、かの楽聖ベートーヴェンの弟子ツェルニーを師として学びました。自分の原点は、たしかにクラシックです。

しかし、私は同時代を生きる、若く優れた音楽家たちを愛しています。彼らとともに切磋琢磨《せっさたくま》し、そこから生まれた作品を世界に、そして未来に届けたい。われわれの時代の音楽を、未来という遠い空に飛ばすことが、私の夢なのです」

感極まった賛同の声を皮切りに、再び拍手が起こる。

フランツは胸に手を当て謝意を示すと、わずかに表情をやわらげ、言葉を続けた。

「昨年、あるひとりの男に出会い、漠然と抱いていたその思いは形になりました。彼のピアノを聴いたとき、感じたことのない熱と光が湧きあがり、立ち上がることができませんでした。以来、あらゆることを語り合い、セッションを繰り返して、彼こそが自分の半身と思えるほどの共鳴を感じています」

フレデリクは俯いた。

熱い眼差しを見なくてもわかる。これは俺の話だ。

「彼は戦う人です。

ただピアノに向き合い、静かに戦いつづける彼の生き方を、私は尊敬しています。

一心不乱にピアノに向かう彼の青い瞳を、ときに連弾しながら見つめることこそが、私にとってなによりの歓びであり、希望なのです」

一拍おいて、フランツが声を上げた。

「ご紹介しましょう、フレデリク・ショパン！」

拍手と歓声が、最高潮になった。

二大スターの登場に沸き立つ会場で、フランツはただ、フレデリクだけを見つめていた。

「フレデリク、来いよ！」

さあ、幕が上がる。俺たちの音楽を、世界に響かせよう。

輝く瞳がそう訴えていた。

なんて派手で、悪趣味な演出なんだ。

頭ではあきれているのに、高鳴る鼓動は否定できない。

フレデリクは観念し、ゆっくりとステージに近づいていった。

第五場　記憶

ピアノの音が好きだ。

ピアノは、鍵盤の打楽器だ。

ポーンと鳴らした音は、真空の暗闇を漂い、やがて消えていく。

その音が膨らむことはなく、一音一音、必ず減り、衰えていく。

俺はいつも、その消えてゆく「音」に憧れる。

儚《はかな》く、孤独で、孤高な「音」に。

音は空気の振動でしかないけれど、言葉を凌駕《りょうが》する存在であり、純粋で、美しい。

人は、言葉を頭で理解しようと、千差万別なイメージを膨らませるけれど、音は皮膚や感情、さまざまなものに直接作用する。

音は、絶対なのだ。


がらんとした部屋の中で、フレデリクはピアノに向かっていた。

鍵盤をたたくと、ぼやけていた視界が少しずつ鮮明になった。そこは、故郷を出てしばらく暮らしていた、ウィーンの下宿のようだった。

奇妙だとは思わなかった。ピアノさえあれば、どこででも暮らしていける。

ピアノほど、俺に寄り添ってくれるものはない。

フレデリクはもう一度、鍵盤をたたいた。


研ぎ澄まされた「音」。

俺はその音で、弾薬を隠す。

祖国への思い。俺の、真実。

感情のうねりから一歩引いて、客観的に、美しいメロディを紡ぎ出す。装飾音で、芳《ほう》潤《じゅん》な影を作る。

三部形式にすれば、途中で弾薬が見え隠れしても、最初と同じメロディに戻ることで、人々は安心して聴いてくれる。

その上で、音を、芸術としてあるべきところに配置する。

大革命を先取りしながらなお、優雅だったモーツァルトのように。

その奥に俺は、俺の真実を託す。

言葉で言い表すことのできない、複雑で、荒れ果てた俺の心を。

ふと気づくと、そこは華やかな夜会の広間だった。

ピアノを弾くフレデリクを囲んで、貴婦人たちがさざめいている。大きく開いたデコルテに、縦長にカールした髪を垂らした女たちは、判を押したように同じ顔をしていた。

彼女たちに甘い言葉をささやく男たちも同様だった。

その顔は次第にぼやけ、巨大化し、フレデリクをあざ笑うかのように歪んでいった。

世界一洗練された人々が集う、パリのサロン。

とびきり美しい、偽りだらけの世界。

そこでポーランドを語るフランス人の誰も、本当のポーランドを知らない。

俺には責任がある。知っているという、責任が。

ざわめきの中で、俺はひとり、音のように孤独だ。


ふいに、遠くから鐘の音が聞こえた。

「これは……時計台の音？」

呟いた瞬間、視界に閃光《せんこう》がきらめく。反射的に閉じた目を開けると、そこは瓦礫《がれき》だらけの荒廃した街だった。

「シュトゥットガルトのあちこちの時計台が、真夜中を告げている……」

地響きのような音が重なった。これは、砲撃の音だ。

ああ！　この瞬間にどれほど多くの人が屍《しかばね》になっただろう？　どれほど多くの計画が無に帰し、どれほどの悲しみが生まれただろう？

背後でごうごうと音を立て、ワルシャワの街が燃えている。もはや生きている者はいないだろう。瓦礫の中に、黒ずんだ死体となって折り重なっているだけだ。

吐き気がするほどの絶望が、フレデリクの体を駆けめぐった。

ふと建物の陰に人影を見た。小高く黒い塊にもたれている。炎と閃光が重なって一瞬、昼間のように明るくなった。家族の姿だった。

「父さん！　母さん！　姉さん！　イザベラ！」

声を限りに叫んだが、反応はない。

「みんなどうしたんだ？　その傷は……撃たれたのか？」

赤く黒ずんだ傷跡を見た瞬間、フレデリクの中でなにかが爆ぜた。

血が滾《たぎ》っていた。ロシア語の号令と、押し寄せる兵士たちの鯨波の声。怒りが、体中に満ちてゆく。

「おのれッ……！」

怒りと高揚がないまぜになって、いつのまにか握っていた拳銃を持つ手が震え、痙攣《けいれん》を繰り返している。

足元にぽとりと落ちた水滴に気づき、銃を持たない左手を頬に寄せた。

「これは……涙か？」

呟いてから、深く息を吸う。焼け焦げた木や石の匂い、湿った土の匂い、そして鮮やかな血の匂い。

フレデリクは息を吐き、俯いた。

俺はひとりだ。ひとりっきりだ。

蹂躙され、血にまみれた千人の死体の上に立っている。

ああ、あそこに、囚《とら》われているマルツェルが見える。勇敢なソヴィンスキまで、ロシアの手に落ちてしまったのか。

街は焼かれた。

それなのに、俺はたった一人のロシア兵さえも殺せないのか！

視線を上げたとき、フレデリクはまたピアノの前にいて、敵兵に囲まれていた。

あのロシアの将校が、俺を見ている……弱者をなぶる山猫のような、冷たく濁った瞳で。

「ユゼフ！　ユゼフ！」

叫んでいるはずなのに、声が出てこない。フレデリクは恐怖にひきつった顔で、目前にある鍵盤を叩いた。

ロシア兵がおまえに銃を向けている。

おまえの心臓を撃ち抜き、おまえを殺そうとしている！

そっちへ行きたいのに、助けたいのに、体が動かない！

ただ呻《うめ》き声を上げ、ピアノに向かって悲しみをぶちまけ、絶望しているだけだ！

フレデリクは鍵盤に突っ伏した。割れるような不協和音に、嗚咽《おえつ》が混じる。

「ユゼフ……」

記憶から逃れる方法がわからないんだ。

悲しみの輪がどんどん広がっていく。

あの日から遠ざかってゆくほど、悲しみが暗くのしかかる。

どんな場所でも、どんな時も、おまえと一緒に泣いてきたし、おまえと一緒に笑ってきた。

どんな場所でも、どんな時も、俺の記憶はおまえから離れない。

あらゆる場所に残してきたんだ、俺の魂の一部を——。

第六場　遠雷

「フレデリク」

　誰かが名前を呼んでいる。

　起きなくては。そう思うのに、体がいうことを聞かない。

　いけない、このままでは。

「フレデリク！」

　叫び声とともに、はっきりと覚醒した。暗がりに目が慣れると、目の前でフランツの美しい顔が苦しげに歪んでいる。

「大丈夫か!?」

「……大丈夫だ。夢を見た」

　緊張にこわばった体から力を抜いた。安堵したようにフランツが笑い、傍らから水をついで差し出した。

「ほら」

「ありがとう」

「最近、多いな。体調が思わしくないのか？」

予後は順調だったはずだ。フレデリクは、ぼんやりした不安を打ち消すように、つとめて平静に答えた。

「いや、少し疲れてるんだろう。だからここにきたんだ」

「そうだけど」

「……起こしてしまって悪いな」

困ったような笑顔を見せると、フランツは肩を竦め、白んだ窓辺に目をやった。

「気にするな。もう夜が明ける」

遠く、波音がさざめいている。

しばらくその音を分かち合ったあと、ふたりが口を開いたのはほとんど同時だった。

「なあ」

「静かだな……」

フランツの問いかけを遮ったのに気づき、聞き返す。

「なんだ？」

「いや……」

この男にしては歯切れが悪い。違和感に首をかしげていると、フランツは立ち上がり、窓外に広がる海をカーテンごしに見つめた。

「……知ってるか？　夜明けが近くなると、波は静かになる。海の波って、同じ高さで打ち寄せているように見えるけど、時間帯やタイミングに規則性があるんだ。十番目の波はつねに、ほかの波よりも高い」

彼らしい言葉だが、思いつめた横顔に心がざわめく。フレデリクはわざと、からかうように笑った。

「へええ。リスト殿下はなんでも知ってるな」

「その皮肉！　すっかり目が覚めたな」

フランツもまた、安堵したように振り返った。

「ちょっと散歩するか？」

同意すると、フランツは身支度に出ていった。

フレデリクは立ち上がり、先ほどまで友が立っていた窓辺でカーテンを開けた。窓ごしの海を一瞥し、そっと目を瞑《つぶ》る。

この休暇中に話すと、決めていたはずだ。今がそのときなのかもしれない。

＊

ブローニュ・シュル・メールは潮騒《しおさい》の街だ。

フランス北部、ドーバー海峡に面した港湾都市である。空気が澄んでいるときは、対岸にイギリスが見える。かつてローマのカエサルが、ブリテン島を侵略するために作った港なのだという。

ところがここ数十年で、流行の海水浴場として賑わうようになった。夏にはカモメの鳴き声とともに、イギリスからも多くの観光客がやってくる。客を見込んでカジノが開業し、街は大きな発展を遂げた。海と市街地をつなぐ大通り、グラン・リュ沿いに並ぶ壮麗な建物の数々は、その繁栄の象徴だった。

十年前、フランツの父がここを保養地に選んだのも、おそらくその評判を聞いてのことだったろう。実際、到着したときにはひさびさにはしゃいだのを覚えている。

そのときは、まさかここで父を喪うなんて、思いもしなかった。

フランツはそっと目を細めて、ぼんやりした水平線を眺めた。

日の出の六時を過ぎ、あたりはすっかり明るい。しかし、晩春の海水浴場は、いまだ静かで穏やかな空気に包まれていた。

かすかに遠雷が聞こえる。隣で歩いていたフレデリクが、空を見上げて呟いた。

「降るかな」

「空は明るい。夕方まで持つだろ」

能天気な返事をすると、フレデリクが唇を歪めた。

「おまえ、傘さすの嫌いだよな」

「水も滴る、が似合う男だからな」

「言っとけ。肺炎で死んでも知らんぞ」

「しゃれにならんな……」

あきれ声で言うと、隣でフレデリクがかすかに笑う気配があった。

この男は、いい年をして言葉に毒がある。初めて会った頃は、人のことをずいぶんと子ども扱いしてきたくせに、自分もたいがいではないか。

知らぬことなど何一つないという落ち着き払ったフレデリクの態度を当初はいけすかないと感じたし、こっそり頼もしいとも思っていた。だが実際、こうして何年もともに過ごしてみれば、フレデリク・ショパンという男には、どちらかというとませた子どものようなところが多かった。

面倒くさがりで、皮肉屋で、押し殺した自尊心や諦観も秘めている。

そういう、フレデリクの素顔に感じるのはしかし、幻滅や失望ではなかった。誰も知らない彼を自分だけが知っているような気がして、フランツはむしろ嬉しかった。

青い空を、カモメが飛んでいく。吹き抜けた風に、横目でフレデリクを確かめた。

少し冷えるだろうか。

今朝、早くに目を覚ましたのは、主寝室で眠るフレデリクが咳《せ》きこむ音のせいだった。

珍しいことではないのでしばらく様子を窺っていたが、うなされている声に、思わず起こしに行った。

フランツが部屋に入ると、真っ青な顔で汗を浮かべたフレデリクが呟いた。

「ポーミシュ…ミー……」

外国語。おそらくポーランド語だ。

たまらない恐怖がこみ上げて、フレデリクの名を呼んだ。彼が目を覚まし、青い瞳がのぞいたときには、脱力して腰が抜けそうになった。

瞳と同じ空の色を見つめ、フランツは呟いた。

「綺麗だな」

「ああ、新しい一日だ……」

もの憂げな横顔だ。

物思いに囚われているとき、フレデリクはこういう表情をする。彼がこういう顔をすると、フランツは決まってたまらない不安に駆られる。

物思いの根幹にあるのはいつも、ポーランドだ。

祖国の喪失。フレデリクが抱えるその苦く甘い感情を、フランツは本当の意味では理解できない。

フランツの祖国ハンガリーもまた、強大なハプスブルク帝国の支配下にある。しかし、生まれたときからそれが当たり前だったし、十歳で故郷を出て以来帰国したこともないフランツは、ハンガリー語の読み書きが苦手だった。もはやフランス語で暮らした月日のほうが長いが、だからといって、こちらが故郷というわけでもない。

自分は永遠に寄る辺のない、旅人のようだと思う。だから時折、フレデリクの憂いが羨ましかった。

故郷の話をしてくれとねだるたびにフレデリクの目もとが翳ることに、しばらくして気づいた。羨ましいとこぼすたび視線が逸らされること、沈黙が下りることにも。

音楽は、感情のやりとりだ。音と音とで殴り合えば、なんとなく相手の人となりが理《わ》解《か》る。しかし、会話は違う。フランツは時折、フレデリクとの会話が怖くなった。フレデリクが何を考えているのか、どう感じているのか、何一つ読み取れない気さえした。

「なあ」

ユゼフって誰だ？

今日も訊《き》くことができなかった。それでも。

フランツは問いかけた。

「パリに帰ったら何したい？」

「……なんだよ、突然」

フレデリクが顔をしかめた。

「夜明けってさ、そういうこと考えたくなるだろ？」

「まあな」

「人生は一本の道だ。だったら、やりたいこと全部やってから死にたいなって。もし間違えても、生きてさえいれば、どこからでもやり直せる」

「……そうだな」

心なしか曇るフレデリクの顔から目を逸らし、フランツは海に向かって叫んだ。

「自分を思いっきり試して、人生を作る！」

フレデリクが笑って答えた。

「ああ。この世で一番価値があるのは生きてるってこと——夜が明けて、新しい一日がはじまるってことだ」

その言葉に、背中を押されたような気がした。

背を向けたまま黙っているフランツを訝しみ、フレデリクが声をかけてくる。

「フランツ？」

今、打ち明けよう。

意を決して振り返ると、勢いのままに告げた。

「俺、しばらくパリを離れるよ」

「え……？」

「マリーが妊娠した」

言葉を失った友に、フランツは言葉を重ねた。

「パリに帰ってしばらくしたら、ジュネーヴへ発《た》つ」

見開かれた目に、鼓動が早まった。

マリー・ダグー伯爵夫人。彼女を愛していた。気品と教養に溢れる社交界一の美女と、女王に愛を捧げる騎士のようなフランツを、みなも似合いのふたりと褒めそやした。おとぎ話のような、夢のようなアバンチュールだと。

しかし、妊娠となれば話は別だろう。高位の伯爵夫人が、身分の低い音楽家の子どもを出産することなど、貴族社会は絶対に認めない。前代未聞の醜聞になる。

それでも決意したのだ。フランツにとってマリーは今や、誰よりも強く凜々《りり》しい戦友だった。

「そうか……、そうか、おめでとう！　よく決断したな！」

フレデリクの言葉に、一気に心が軽くなる。フレデリクは彼女を気に入ってくれたし、マリーも彼に愛を示してくれたから、三人で過ごした時間は多かった。だから、一番に打ち明けたのだ。

……。

「マリーは勇気ある人だ。失うものは彼女のほうが多い。家族、家柄、財産、社交界すべてを捨てなければならないのに、俺の子を産みたいと言ってくれたんだ」

「祝福する。おまえたちはきっと幸せになるよ」

「ありがとう」

安堵するフランツの耳に、それで、と付け足すフレデリクの声が届いた。

「ピアノは……？」

「新しく創設される、ジュネーヴ音楽院から声がかかってるんだ。まずはそこに就職する。基盤を作って、無事に子どもが生まれて、あちらでの暮らしが落ちついたら、演奏活動に軸足を戻す」

「そうか」

呟いた彼は、次の瞬間、珍しく大きな声を出した。

「……おまえが父親か！」

フランツは肩を竦めた。

「そ、俺が父親」

「スキャンダル王も、年貢の納め時だな」

「嫌なこと言うなよ！　俺は永遠に、誰のものでもない。マリーだってそうだ。彼女はすごく強くて、聡明《そうめい》で、自立した『新しい女』で……」

「そうだな」

フレデリクが微笑むのを見て、ふいに記憶がよぎった。

「……なあ、親父の話、したことあったっけ？」

「十五の時、亡くなった？」

「そう。遺言はこうだった。『女には気をつけろ』」

ふたりは、顔を見合わせて爆笑した。鋭い、とフレデリクが呟く。

「親父は有能な役人でさ、家ではピアノを弾くのが好きだった。六歳の時、俺は親父が弾いてくれたリースのピアノ協奏曲を気に入って、夕方までずっと口ずさんでたらしい。誰の曲かも知らないくせに、正確になぞってたんだと」

幼き日の父子の会話だ。よく旅をしたから、ともに話す時間は多かった。

「それだけで神童って信じてくれたんだから、親ってすげえよ」

「まるでレオポルト・モーツァルトだな」

「ふふ、そうだな。演奏会、演奏会の毎日で、俺は子ども時代を失ったが……考えてみれば、俺が留学したとき、付き添ってくれたあの人も仕事辞めてるんだよな。俺にそんなことできるだろうかって……最近よく考える」

小さく頷いたフレデリクに、フランツは尋ねた。

「おまえの父親は？」

「……ロレーヌの生まれなんだ、フランスの。十六でポーランドに移って、フランス語教師になって、ポーランド貴族の母と恋におちた。そして誰よりポーランドを愛しながら、息子を祖国から逃した」

「そうか……」

空の雲は少しずつ、不思議な色を帯びて、フレデリクの体の輪郭を青白く輝かせていた。

刹那のためらいのあと、フランツは言葉をつないだ。

「でも、十一月蜂起のリーダーだったチャルトリスキ公だって、パリへ逃れてる。おまえはあの人たちの下で、亡命者たちを救う活動をしてるじゃないか。今やポーランド芸術協会の中心人物だ。去年、ロシア皇帝が大使館への出頭を要請してきたときだって、その命令を毅然《きぜん》としてはねのけた」

「……そんな威勢のいい話じゃない」

フレデリクは視線を逸らした。

またやってしまった。フランツは臍《ほぞ》を噛み、あわてて次の言葉を探した。

「そういえば昨夜、ミツキエヴィチからの手紙が届いてたぞ。結構分厚いやつ。居間のテーブルに置いといたけど、気づいたか？」

「ああ、受け取った」

「急用か？　パリへ戻るのを早めるなら、かまわないけど」

尋ねながら、フレデリクを振り返る。彼は苦笑した。

「……いや、なんでもない。新作のことでごねて、こっちにきてマズルカを弾いてくれっていう、いつものわがままさ」

「おまえ、あいつのわがままだけはきいてやるよな。同郷のよしみってやつ？」

「そんなところだ」

フランツは悔やんだ。フレデリクの顔が、また蒼白《そうはく》になっていくように見えた。いつのまにか、空がこんなに暗い——そのせいならいいが。

「……なあ」

「ん？」

「顔色が悪い。風にあたりすぎたか？」

フランツの言葉に、フレデリクはからかうように口元を歪めた。

「なんだ、もう父親気どりか？」

「そんなんじゃねえよ」

「おまえが父親かあ！」

「うるせえよ」

言葉が途切れた。少しの間のあとで、フレデリクが呟いた。

「……俺たちは、いつまでこうしていられるんだろう」

ぽつんと響いた声に、咄嗟《とっさ》にどういう意味だと訊き返すことができなかった。フランツもうっすら、同じことを感じていたからだ。

そっと息を吸い、フランツは答えた。

「……変わらないものなんて、ないよな」

「ああ。でも、ちょっとだけ戸惑ってる。このままずっと、こういう感じが続くと思ってたから」

フレデリクらしくもない、素直な言葉に動揺する。

「こういう感じは、続くだろ？　俺もおまえも、ピアノを辞めるわけじゃない。俺は夢をあきらめないし、おまえもだろ？」

「そうだな」

「俺、父親になるよ」

自分に言いきかせるように告げると、フレデリクの眼差しが強い光を帯びた。

「……フランツ、ふたつの鈴の伝説を知ってるか？」

「ふたつの鈴……？」

「いや、考えてたんだ。俺とおまえは——」

瞬間、大砲のような雷鳴が響き渡った。

突然降り出した雨は言葉をかき消し、ふたりは走って別荘へと戻った。

雨は嵐になり、日付が変わっても降りやむ様子はなかった。

書簡（1835-1836）

親愛なる　F・ショパン

その後、変わりはないだろうか。

俺とマリーは別々にパリを離れたが、無事、バーゼルで落ち合うことができた。決死の逃避行のつもりだったが、スイスの大自然のおかげで、痛みはすぐに癒やされてしまった。

ジュネーヴ音楽院もいいところだ。とても風通しがいい。外国人で、しかも若造の俺を、教授としてうやうやしく迎えてくれた。今年のクリスマスは、子どもを入れた三人で迎えられるだろう。こちらは万事順調だ。

ただ時折、鐘の音を聞くと、パリを思い出すことがある。あの喧騒、サロンでの会話やひりつくような緊張が、懐かしくなるんだ。

たまらなくなったときには本の世界に逃避し、おまえに教わったコレンダを弾いている。俺にとっての故郷はたぶん、おまえといたパリなのかもしれない。

こちらは空気がうまい。体調にもいいはずだ。忙しいだろうが、ぜひ遊びにきてほしい。

愛を込めて　　　　　　　　　　　　　F・リスト

親愛なる　F・リスト

かわいいブランディーヌは元気かい？
まもなくパリに戻ってくるんだってな。お母様から「滞在は四、五日ですが、大親友のあなたにお会いできるか心配しております」と、丁寧な手紙をいただいた。お母様も世話焼きで、ちょっと似たもの親子だな。
十四日なら終日在宅してる。ひさびさに会えるのが楽しみだ。新しく作ったエチュードを披露するから、どうか期待しててくれ。

再会を待つ　　　　　　　　　　　　F・ショパン

愛するマリー

ジュネーヴは変わりないだろうか。

パリはあいかわらずだが、俺たちのいぬ間にタールベルクなるピアニストがわがもの顔でサロンを闊歩《かっぽ》していて、はなはだ失望している。母は俺に元気がないというが、むしろじっとしていることなんてできない。食卓に向かってさえ落ちつかないので、すっかり痩せてしまいそうだ。

でも今日はいいことがあったよ。ショパンに会えたんだ。

彼はやさしく、ひとりじめするように愛してくれる。俺は彼が、ピアノを弾きながら話するのを聴くのが、とても好きなんだ。

彼の新しいエチュードは、きっとあなたの審美眼にかなうと思う。あなたのことだから、あまりの美しさに感極まって、泣き出してしまうかもしれない。

あと数日、待っていて。離れていても、あなたとブランディーヌを思ってる。

ありったけのキスを

フランツ

幕間 I 〜 巡礼者

午後のぬるい空気が、肌にまとわりつく。

まだ五月の終わりだというのに、夏のような天気が続いていた。マリーは伸びやかな字で書かれた手紙を机に戻し、そっとため息をついた。

夏といっても、ジュネーヴのそれはからりとして過ごしやすい。どこか落ちつかない感覚をもてあますのは、自分が憂鬱に胸をふさがれているせいかもしれない。開け放した窓から吹き込んだ風を、救いとばかりにそっと吸い込む。

「まあ、奥様」

書斎へ入ってきた侍女が、目を瞬かせた。

「お着替えなさいますか？」

「いいの。そこまでじゃない」

相手は怪訝そうな顔をしたが、無理もない。普段は完璧な着こなしで周囲を圧倒する貴婦人が、デコルテを緩めてはだけているのだ。マリーは苦笑して衿元を整え、話題を変えた。

「ブランディーヌは眠った？」

「はい、天使のようなお姿で。この暑さですから、先ほどまでは悪魔のような泣き声で乳母を困らせていましたが」

笑いながら侍女は、持参したお茶をテーブルに並べた。

「まあ、かわいそう。製氷機を直してほしいのに、フランツはまだパリから帰らない」

マリーが冗談っぽく拗《す》ねて見《み》せると、彼女は心配そうに尋ねた。

「旦那様、まだかかるんですか？」

視線の先には、先ほど手にしていた手紙がある。マリーはティーカップに手を伸ばしながら、あっけらかんとして言った。

「大丈夫よ、アンヌ。そろそろ帰ってくると思うから」

フランツのパリ滞在はもう二週間になるが、手紙の文面からして今頃帰路についているだろう。侍女は目を輝かせた。

「おわかりになるのですね」

「夫がなにを考えているかくらい、わかるわ」

美しい女主人を崇拝している侍女は、感激したように胸に手を当てた。

ひとしきり話してから侍女は下がったが、執筆に戻る気分ではない。眺めていた原稿を脇にどけ、マホガニーの書き物机の上に頬杖をついた。

侍女に話したことは、嘘ではない。出会いのときから、マリーはフランツの考えていることが不思議なほどにわかった。おそらく彼もそうだったと思う。

四年前。二十一歳のフランツに出会ったとき、マリーは二十七歳だった。

扉が開き、黒ずくめの青年がサロンに現れたときの衝撃を、忘れたことはない。当時の彼女にとって、すべての男性は自分の崇拝者だったが、その男——フランツ・リストだけは違っていた。

彼は、芸術の化身だった。ひと目見て、ようやく運命に出会ったのだと確信した。

上品だがはっきりものを言い、まったく飾り気がないようで、完璧な礼儀作法を身につけた青年だった。多くの書物を読み、すべて吸収してきたことがすぐにわかった。

芸術や文学、しだいに宗教や政治についても語り合うようになり、あっというまに距離が縮まった。曖昧なアイデンティティを分かちあい、胸の奥に熱くたぎる創作への野心を打ち明けあうと、ふたりの引力は止めようもなかった。

どうしてこんなにも互いのことがわかるのだろうと驚嘆した。性別や身分を超えて、ふたりは似たもの同士だった。

いつしか、ギリシャ神話のアキレスとパトロクロスのような存在になりたいと願うようになった。ともに対等に戦い、愛しあう、無二の親友に。

ブランディーヌという守るべきもののためにスイスへ逃れたとき、ふたりは確かに親友だった。こうして互いのアイデアを原稿にしたため、彼の名で——女であるマリーの名では公にできない論文を発表しようと机に向かっていることも、愛の証《あかし》のように思えていた。

納得していたはずなのに、マリーは最近、もどかしい思いに囚われた。ジュネーヴで教授という誇らしい職を得、懐かしいパリへも自由に飛び回れるフランツと比べて、自分の境遇はどうだろう。

それに——と、マリーは自嘲気味に笑う。

親友などとお題目を並べながら、自分は彼に、妻としても愛してほしいのだ。

ふたりは正式な婚姻をしていない。永遠の愛なんて、夢物語を願うほど愚かではない。ただ、できるだけそばにいたいし、今よりもっと構ってほしいとは思う。眠れない夜には、そっと手をつないでほしいのだ。

物思いにふけっているうちに、会いたくてたまらなくなった。

到着は明日になるだろうか。もしかしたら朝には着くかもしれない。目覚めたら駅まで行ってみようか。待ちどおしかったのを知られるようで癪だが、散歩のついでとでも言ってやれば——。

「休憩中？」

突然、背後で響いた声に驚いて、マリーは体を起こし振り返った。

「フランツ！」

開けられた扉の影に、悪戯っぽい表情の彼が立っていた。

金茶の髪に、黒の瞳。フランツはやつれた様子もなく美しい。旅行用の服を着たまま

だから、侍女に聞いてまっすぐこの書斎に来たのだろう。彼女はきっと大はしゃぎだ。

「早かったのね」

その言葉に、フランツは片眉をひょいと上げた。ああ彼だ、と、たまらなく嬉しくなる。

まっすぐな足取りでこちらに近づいたフランツの、少し埃《ほこり》っぽい両腕が、マリーを背

中から包んだ。男らしい胸に強く抱きしめられ、その瞬間にすべてを忘れた。

「ただいま」

「おかえり」

「待たせてごめん」

「待ったわ」

拗ねた顔を後ろにめぐらすと、嚙みつくように唇を奪われる。

奥まった舌を絡めとられ、熱い塊が唾内《こうない》を満たした。ざらついた上顎、白い歯列、す

べてを確かめるように触れて、離れていく。

「……会いたかった」

情熱的に告げられた言葉に応える前に、フランツの唇は再びマリーのそれを捉えた。

下唇を柔らかく食み、開《は》いた隙間に薄く舌を入れる。マリーも呼応した。くすぐりあうように、そして次第に深く。フランツの手がマリーの頭に回る。指を差し入れられ、ゆるやかに束ねた髪がこぼれた。

フランツの少しかたい指先が、素肌に触れる。そこに感覚のすべてを持っていかれそうになって、マリーは小さく息を呑んだ。指がそっと、うなじをなぞった。

「弱点だ」

合間に呟かれた声は笑みを含んでいる。マリーは悔しいような、嬉しいような、混乱した気持ちで男を睨んだ。

マリーはゆっくりと瞼を閉じる。深く唇を合わせ、しばしそのまま動かなかった。

*

相当、まいっていたのだろうか。

マリーがあらためて思ったのは、気だるい体を柔らかなベッドに横たえ、フランツの裸の背中を眺めているときだった。

彼の手紙にあった、タールベルクという名のピアニストのことである。飽きっぽい社交界の人々は、パリを捨てたリスト——と本音では思っているだろう——にあてこすりするように、辛辣な態度をとったに違いない。その一因には自分との事情があるのだから、なんだかいたたまれない気もした。

ピアニストは、ディートリヒシュタイン伯爵家のご落胤《らくいん》という噂もある。フランツが貴族社会に沸々と抱く反骨心を知っているだけに、今後のなりゆきがいささか心配だった。もちろん彼は、社交界で生き抜く術《すべ》を完璧に心得ている。磨き上げられた会話術はもちろん、優雅な身のこなしも、高貴な雰囲気やマナーも、少年時代からの経験で完璧に身につけている。

それでも、この男の中から時折赤く鮮烈に放たれる怒りや、理想のようなものが、何か大きな災いをもたらさなければいいと、マリーは思っていた。

ぞくりと湧いた震えが、思考を妨げた。肌寒い。まもなく陽が落ちるのだろう。

薄明かりの中で見つめていた背中が動き、マリーの視線を断ち切るようにざらりとしたガウンに覆われる。

「どこいくの？」

「湯を使う」

最近、フランツはすぐにベッドを出ていく。以前は違ったのに、とぼんやり思う。

「……風邪をひかないでね」

マリーは寝返りをうってフランツに背を向けた。

瞼を閉じてしばらくすると、衣擦《きぬず》れの音がして、背後のシーツが持ち上げられるのを感じた。フランツが、羽織ったガウンを脱ぎ捨て隣に潜り込んできたのだ。

「どうしたの？」

「……もう少しいる」

「……ん」

背後から回された腕に身を預ける。夏日とはいえ、まだ五月だ。熱い人肌は心地よかった。フランツの手のひらが、マリーの肩や二の腕をゆっくりと撫でる。

「くすぐったい」

身をよじるマリーの首もとに顔を埋めながら、フランツが小さく呟いた。

「あったかい」

「ふふ」

「はじめて会ったとき、あなたに体温があるなんて信じられなかった」

想定外の言葉に、マリーはしばし黙り込んでしまった。

「……失礼ね。人を冷血みたいに」

「そうじゃなくて……あなたがあんまり綺麗で、人じゃないみたいだったから」

「……遠い星の話？」

「そう。夜空の星みたいに遠くて、美しくて」

「あなたは星なんて寄せつけない、魔王みたいだったわ」

「あんな若造が？」

「ええ。真っ黒で、ギラギラした目をして」

ふたりは声を上げて笑う。

「いつかショパンにも言われたな。何年前かな、カンパネラを披露した夜。おまえは悪魔どころじゃない、魔王になるぞって」

「ふうん……」

またショパンか、と思いながら、マリーは尋ねた。

「……ショパンは？」

「え？」

「元気？」

「ああ……調子はまずまずかな。パリでは世話になったから、礼をしないと」

「そうね。私も彼に会いたかった」

「あいつも、あなたに会いたがってた。そうだ、あとで例のエチュードを弾くよ」

そう言うとフランツは片肘をついて身を起こし、マリーの瞳を見つめた。

「ほかに願い事は、奥さん？」

「ふふ」

やさしい声を嚙みしめた瞬間、心の奥にしまい込んでいた本音が口からはじけ出た。

「……パリに帰りたい」

「………」

フランツは一瞬、苦しげに眉根を寄せた。マリーはそれに気づかないふりをして、明るい声を出す。

「……もうすぐパリ祭だもの」

「……ああ、そうだね」

「独り占めはだめよ」

「するか、子どもじゃないんだぞ」

フランツが気色ばんで言うので、また笑った。

お互いに、言いたいことはそうではないだろう。わかっていながら、ふたりで言葉をもてあそんでいるような気がした。

変わっていくのだ。精神的にも、肉体的にも。

フランツがどこか幼子のように撫でまわす肌だって、出会った頃よりずいぶん水気が抜けただろう。そうでなくても、何かが薄皮一枚挟まったようなぎこちなさが、ここしばらくつきまとっていたではないか。

いつまでも今のままではいられない。フランツはやがて、世界を相手に羽ばたいていいくだろう。

そのとき私はどこで、何をしているのだろう。

マリーはそっと息を吸い、吐いた。沈黙のあとで、フランツが言った。

「……湖に行かないか？」

「今から？」

ようやく会えたのに、出かけたくなどない。顔をしかめたマリーに、フランツは眉を上げ、悪戯っぽく笑いかけた。

「シヨン城の近く。見せたいものがあるんだ」

＊

外は夕暮れの頃合いで、陽は街並みの向こうに溶けようとしていた。

目抜き通りには、すでに灯をともして夜の客を迎え入れる準備をしている店が見える。

馬車に揺られてふたりが降り立ったのは、レマン湖のほとりに佇む古城だった。

「ここ？」

「ここから少し歩いたところ」

そう言いながら、フランツは持参したランプの準備をしている。

「城ではないの？」

「うん、俺たちの城」

「俺たちの城？」

「行けばわかるよ」

整備されていない木立の道を歩くのは、わずかな距離でも難儀だった。

フランツはマリーの手をしっかり握って歩いた。つながっているのは手だけのはずなのに、体中がぬくもりを感じていた。

「着いた」

どれくらい歩いただろうか。フランツの声に、はっと我に返る。

「見て」

顔を上げ、マリーは小さく叫んだ。

目の前にぽかり、夕闇の空が浮かんでいた。

薄紫色の雲が上下対称に棚引き、まだ青みを残した空と橙色《だいだいいろ》が溶け合った淡いグラデーションがそれを包み込んでいる。昇りはじめた月がふたつ、宝石のように揺れていた。

「湖が、鏡になる」

「すごい……」

ため息のような声をこぼすと、フランツはつないだ手を強く握った。

静かに、湖面が波打つ音が響く。世界から、マリーとフランツ以外は消えてしまったようだった。ここは、私たちの城だ。

右隣を見上げると、こちらを見ていた黒い瞳とぶつかった。フランツの右手がそっとマリーの頬に触れ、こぼれたものをやさしく拭った。

「パリに発つ直前、音楽院の同僚が教えてくれてね」

フランツはゆっくりと話した。

「この満月の日にしか見られないと聞いて、あなたと見たいと思った」

「うん」

「だから今日、急いで帰ってきたんだ」

「うん」

「俺ね」

そう言って彼は、彼方《かなた》に広がる空を見上げた。

「あなたとブランディーヌのために、これまで助けてくれた人のために、自分を試してみたいと思ってる」

「……うん」

「俺は、ショパンみたいな天才じゃない。タールベルクみたいな後ろ盾もない。どんなに試行錯誤を重ねても、その先に何を摑めるかはわからない。でもね——」

言葉を切ると、フランツはマリーに向き直った。

「何かは残せるって信じてる。それだけは信じてるんだ。だからあなたと旅を続けたい」

燃えるような眼差しに、ゆっくりと、満たされていく。

ああ、この熱が欲しかったのだ。

ふたりが進む道には月明かりも、ランプもない。その暗く険しい道を歩いていくために、胸の内に灯る確かな熱が欲しかった。

ふたりきりで、孤独な道を進む。私たちはまるで巡礼者だ。

たくさんの景色や、喜びや苦しみを、フランツと分かち合いたい。

いつか道が分かれることになったとしても、それらはすべて、私の中で生き続ける。

「フランツ」

男をまっすぐに見つめ、マリーは続けた。

「私いつか、この空のことを書くわ。私たちが、この巡礼みたいな旅で出会ったものすべてを、きっと書くわ」

「楽しみだ」

そう答えた声を、生涯忘れないだろうと思った。

書簡（1837）

ジョルジュ・サンドよりパリのリストに

われわれの〝姫君《プランセス》〟ことマリーを、ノアンにお預かりしてひと月になる。君は、できるだけ早く私どものところへ戻るべきだ。愛と思いやりと友情が、君を待ってる。愛――マリーは少し加減がよくない。思いやり――うちの息子のモーリスと家庭教師は元気。そして友情――私自身はいたって頑丈だけど。

マリーは、私がショパンを待っているのではないか、と言っている。彼に、君と一緒においでくださるよう言ってもらえないだろうか。マリーも会いたがっているし、私は間違いなくあなたの讃美者《さんびしゃ》ですと伝えてほしい。

私はマリーが周りに集める友人たちがみな好きなんだ。そして、愛と思いやりと友情に囲まれているのが好きなんだ。

G・S

親愛なる　F・リスト

マリーとブランディーヌ、それにおなかの子は元気だろうか。

さっそくだが、ジョルジュ・サンド氏のご招待の件。いまはまだ、時期尚早という気がする。夏に別れを経験して、その傷がいえていないんだ。

サンド氏には先日はじめて会ったが、ピアノを弾いている間中、あの強い眼差しが俺の目の中までのぞき込んでくるのを感じて、不思議な気持ちになった。あの目――あの昏《くら》く燃えるような目は、ちょっとおまえに似てるな。仲がいいのもわかる気がする。

言っておくが、これはここだけの話にしておいてくれ。変に期待をされては困るから。

お忘れなく　F・ショパン

幕間 II　オーロール

「今日も素晴らしい演奏だったよ。とくに最後の何だったかな——変ロ短調のスケルツォ。あれは勇壮で華麗で、じつに私好みだった。あの激昂するような序奏の叫び。詩人たちはいつも泡沫《うたかた》のように儚い美辞麗句で音楽を語るが、私は美しさとは、強さだと思っている。傲慢で美しいバラの花も、枯れてしまっては終わりだ。強さこそが至上なのだ。そうは思わんかね、ショパン君？」

言葉とは裏腹に、冷たく淀んだ灰色の瞳を見返しながら、フレデリクは無言で笑顔を作った。

正面の大きな窓の外では、秋の終わりの黄色く乾燥した光が、木々の影を長く伸ばしていた。手前の池のさざめく水面が、その頼りない影を映す。

「失礼します」

フレデリクは、慇懃《いんぎん》に礼をしてその場を辞した。

芝居がかった男の声は、祖国の悲劇をあざ笑っているように思えた。笑おうとしたが、実際は頬が引きつっただけだったかもしれない。

いったいこの苦しみは、いつまで続くのだろう。

空を仰いだフレデリクの髪を、色づいた草木の間を通り抜けた風が撫でて行った。

＊

砂がこぼれるようにさらさらと、日々は流れていく。

その日のランベール館の舞踏会は盛大で、パリ中の上流階級や芸術家が集まっているようにも思われた。

大きな夜会はいまだに苦手だ。着飾った人の波を抜け出し、壁際でほっと息をついたフレデリクは、痛いほど熱い視線にぎくりとして顔を上げた。案の定、プラター伯爵夫人の姪《めい》だという金髪の令嬢だった。

清純を絵にかいたような桜色のドレスに、大きなリボンが呆れるほど幼い。顔を赤める彼女の両脇では、色違いの模造品のような令嬢がふたり、刺すような視線でこちらを見ている。

三人は、このところの頭痛の種だった。若い女の子が少し舞い上がってるだけ、興味の対象などすぐに移るだろうと高をくくっていたが、どうやらそう簡単にはいかないらしい。そそくさと会場を後にしたが、屋敷の裏口の手前で囲まれてしまった。

「ショパン先生」

名門貴族に名を連ねる彼女は、フレデリクの元生徒だ。

営業用の笑顔で対応すると、赤面し俯いてしまった令嬢に代わり、取り巻きたちが声を上げた。

「どうして私たちのことを避けるんですの？　真剣なお話ですのに」

「許嫁《いいなずけ》の話で、お父様と大喧嘩までしたんですよ」

世間を知らない令嬢たちの訴えに耳が痛くなる。自分は一介のピアノ教師にすぎないんだと、何度説明してもわかってもらえない。金髪の令嬢がおずおずと口を開いた。

「先生と結婚できないなら、私……」

「落ちついてください。前にもお話ししましたが、私は音楽に夢中で結婚など考えられないんです」

思いつめた表情に、あわてて弁解する。しかし、こういう言い方では誤解を招くだろうこともわかっていた。

「構ってくださらなくてもいいんです。ただおそばにいられれば……」

案の定だ。ため息をついて、単刀直入に切り込む。

「どうしたらあきらめてくださるんですか」

友人たちの非難の声をよそに、令嬢は答えた。

「私を拒絶なさる明確な理由を教えてください」

「あなたの家柄と私では、つり合いがとれません」

「そんなものどうとでもなります。現に先生のお友だちのフランツ・リストは、ダグー伯爵夫人と駆け落ち同然で結ばれましたわ」

夢見る少女がうっとりと呟いた友人たちの名に、フレデリクはがくりと肩を落とした。

恨むぞ、と友の顔を思い浮かべながら、次の手を打つ。できればこの手は使いたくなかったが、窮地を脱するにはこれしか思い浮かばなかった。

「身分の差は超えられても、捧げてしまった愛は取り戻せません」

「えっ?」

三人が声を揃《そろ》える。フレデリクは大袈裟《おおげさ》な告白をした。

「私には、秘密の恋人がいるのです」

呆然としている令嬢の隣で、取り巻きのひとりが冷静に尋ねた。

「もしかしてあの方?」

「え?」

振り向くと、黒髪の人物がトップハットを手に立っていた。

黒の細身のテイルコートに緋色《ひいろ》のクラヴァットといういで立ちで現れたその人物は、フレデリクと上背の変わらない「美青年」だった。

彫刻のように整ったフランツ・リストの美貌に比べれば個性的な顔立ちだが、その分艶やかで、泰然とした色気を湛えている。癖のある黒髪は無造作に流され、けぶるような毛先が強い眼差しを中和していた。

「マダム・サンド……」

呼びかけられ、ジョルジュ・サンドはわずかに微笑んだ。

きびきびとした足取りでこちらに近づいてくる。その長い脚、無駄のない動きに思わず見とれていると、うるみがちな黒い目がフレデリクを捉えた。

彼女とは十月に、このランベール館で出会った。

正直、虫が好かないと思っていた。女である彼女がなぜ、このようないで立ちで飛び回っているのだろうかと。

あわてて挨拶しようとすると、低く艶やかなアルトの声が遮った。

「言ってしまったんですか？」

フレデリクは面食らった。不愉快とは思えず、そんな自分に動揺した。

「私には秘密にするようにと言ったくせに」

ジョルジュの言葉に、顔が赤くなるのを自覚する。動揺を押し隠すフレデリクに、令嬢の言葉が追い打ちをかけた。

「おふたりは恋人同士ですのね……」

事実無根だが、ここまできて後には引けない。ジョルジュの様子を窺うと、彼女は了解したように微笑み、フレデリクの腕に自分の腕を巻きつけて言った。

「このことはどうかご内密に」

上着越しに、熱い体温を感じる。

「では、失礼します。皆さんも気をつけてお帰りくださいね」

ジョルジュの艶気を含んだ低い声に、令嬢たちがこくりと頷く。フレデリクは腕をからめられたまま、呼んでいた馬車に乗り込んだ。

ドアを閉めてから、自分の腕にぶらさがったままの女を見やる。

「……いつまでそうしてるんです？」

ジョルジュは腕を解くと、愉快そうに笑った。

「ひどい言い方ですね、恋人なのに」

「まいったな……」

「お嬢さんたち、まだ見ていますよ。アリバイ作りのために、うちでお茶でもいかがですか」

「アリバイって……」

令嬢に手を焼いていたのは確かだが、これ以上、噂をばらまくのは気が引ける。だいたい、手放しで厚意を受け取れるほど、この作家のことは信用していない。会うたびに、胸の中の何かがひどくざわめくのだ。

　フレデリクは口ごもった。

「どうしました？」

「お茶は結構です。御礼に、一曲だけ」

　気づくとそう告げていた。フレデリクが出した交換条件を聞いて、ジョルジュは嬉しそうに言った。

「私のために弾いてくれるんですか？」

「……はい」

　誘い文句のようになってしまったことに内心渋い思いを抱いたが、ジョルジュは気がつかない様子で笑った。

＊

　即興曲を弾き終え、ジョルジュの顔を見上げたフレデリクは、その目からあふれる涙にぎょっとした。

「お気に召しませんでしたか？」

　尋ねると、彼女は目元をぬぐいもせずに首を横に振る。

ピアノの側板にもたれて、こちらを見つめる熱い視線は感じていた。それにしたって、この反応は大げさだ。

フレデリクは口元に手を当て、思案気に周囲を見回した。

彼女の部屋は、イメージ通り簡素だが清潔で、調度品の趣味もよかった。アンティークだというピアノはよく調律されていて、あたたかな木漏れ日のような音がした。

「素晴らしかったです。ただ――」

言いかけて俯いた彼女の頰に、新しい涙がつたうのが、蠟燭のオレンジの灯りに照らされて見える。

「なぜか、涙が止まらないのです」

自分の中に、その灯りにも似た仄かな火がともるのをフレデリクは感じた。

弾薬は心に秘めて、病者を装え――。若き日からつらぬいてきた信条を、その火がじりじりと焦がす。

作品について語ることは無粋の極みだが、今だけはそうしたかった。

「私の中にあるŻalが、伝染したのかもしれません」

「ザル？」

聞きなれぬ言葉に、ジョルジュが顔を上げた。

「ポーランド語です。悲しみ、が近いのかもしれませんが、それだけじゃない。悔恨や、憎しみや、懐かしさ――いろいろな感情が混ざった、ポーランドだけの言葉です」

それは、フレデリクの中の導火線であり、創作の源泉だった。

この話をしたのは、フランツだけだ。彼はそれこそが、フレデリクの音楽を彩る反射光ではないかと言っていた。色濃い悲しみは、それだけで人の心を動かすと。それが羨ましくてたまらないと、無邪気な残酷さで。

おまえは俺の悲しみを知っているか。その悲しみを、音にするしかない苦痛を知っているか。俺にはもう、選びようがない。

フレデリクは、フランツに言えなかった言葉を反芻《はんすう》した。

伝えるつもりはなかった。真実を知ったら、彼の心は砕けてしまうかもしれない。

「ザル……」

ジョルジュの呟きで、はっと我に返った。

フレデリクは立ち上がって、左手の窓のそばに寄った。ピアノをはさんで対面にいるジョルジュを振り返り、笑って尋ねる。

「私が打ち明けたのだから、あなたも教えてください」

「なんでしょう？」

「なんだって、男装するのです？」

身も蓋もない質問に、ジョルジュは笑い出した。

「なんでって、このほうが安上がりだからですよ」

「あなたは裕福でしょう」

遠慮のないフレデリクに、彼女はふふ、とほくそ笑んだ。

「私、結婚生活に嫌気がさして、故郷からパリに飛び出してきてしまったんです。妻や子をほったらかしにする夫に見切りをつけ、自由のためにペン一本で生きていくには、節約も必要です」

「それにしては板についている」

「まあ、私は女でも男でもなく、ひとりの人間ですからね。男物のブーツを履けば気軽に街を歩き回ることができ、ズボンを穿《は》けばどこへでも出入りできます。実際、解き放たれた思いでしたよ」

「『芸術家の日々、万歳！　われらが信条は〝自由なり！〟』ですか」

「……読んでくださったのですか」

フレデリクは笑って頷いた。『アンディアナ』での衝撃的な文壇デビュー以来、ジョルジュ・サンドの著書はあらかた読んでいた。そして密《ひそ》かに、小説の中に現れる男の影の変遷も感じとっていた。

目の前の女はたぶん、いつだって誰かを深く愛するのだろう。けれども隷属はしない。ジョルジュが次から次へと浮名を流すのは、真実の愛を信じ、理想を探し求めているせいなのかもしれない。

「あなたはロマンティストだ」

口からこぼれた言葉に、ジョルジュが赤面した。

「どうしたんです」

ピアノ越しに覗き込むと、ジョルジュは恥ずかしそうに顔を背けた。いかにも人の扱いを心得ていそうな、それまでのイメージとまるで違っていた。これも手管なのだろうか。しかし、あのジョルジュ・サンドが自分の行動に動揺しているのは、どことなく愉快だった。

ふいに、既視感がつらぬいた。それは、フランツと出会った頃の感情だった。やはり似ているな、とフレデリクは思う。仲がいいことも十分に知っている。かつて、ジョルジュはフランツとも噂になっていたのだ。彼は、この女に触れたのだろうか。それとも——。

「はじめて会った夜から思っていましたけど」

物思いを破るように、ジョルジュが言った。

「ショパンさん、あなたは意地悪です」

フレデリクはうっすら笑った。

あの夜、ピアノによりかかって、演奏する自分を見つめていた彼女の瞳の奥に、燃えさかる炎を見た。心の奥深くまでのぞき込まれるようで恐ろしく、まともな会話ひとつしないで突き放した。

その瞳がまた、フレデリクをじっと見つめていた。睫毛《まつげ》が細かに慄《ふる》え、目のふちは血の色を透かして赤い。

「でも、笑顔は雪の日の朝みたいに眩しい」

詩の一節のような言葉が、ジョルジュの口からこぼれた。からかう視線も、心を奪おうとする強引さもなかった。

ふいに、熱のようなものが胸に突き上げてくる。

そのとき、ノックが三度、控えめに響いた。ジョルジュが居間の入り口へ向かう。扉を開け、誰かと言葉を交わすとこちらを振り向いた。

「……お茶を用意してくれたそうです」

フレデリクは内心安堵しながら、降参したとばかりに肩を竦めた。

勧められるまま席につき、使用人がテーブルに茶器を並べるのを眺めた。ポットから紅茶が注《つ》がれると、異国の花のように馥郁《ふくいく》とした香りが広がった。うっとりとする自分に、笑いがこみ上げる。

「どうして笑っているのですか」

「結局、ご馳走《ちそう》になってしまいました」

「交換条件でしたものね」

「そんなつもりではありません。夜はお茶を控えていたので」

「ふふ、たまには規律から自由になるべきですよ」

ジョルジュの笑顔に目を眇める。

使用人は退出し、またふたりきりになった。互いに好意を持っている相手と距離を縮めているときのような、甘い緊張感がそこにはあった。

頭の中で、警鐘が鳴っている。

『強さこそが至上なのだ』

あの男の言葉まで甦る。こんなことをしている場合ではなかった。ただ面倒事を避けるだけのつもりだったのに、それなのに、自分もすっかり楽しんでいる。

ため息のように、本音がこぼれた。

「自由になれたらいいのに……」

沈黙が広がった。

紅茶が注がれたティーカップを、ジョルジュの手がそっとよける。テーブルを挟んで見つめ合う距離は縮まっていないのに、ぐっと踏み込まれた気がした。

「サンドさん」

テーブルの上の手に彼女の指先が触れ、フレデリクは制止した。動じることなく、ジヨルジュは言った。

「オーロールと。本名です」

「オーロール。オーロラ……」

「『夜明け』です」

フレデリクは目を見開いた。

彼女の瞳の昏く燃えるような色は、夜明けの光だったのだ。

だがそれは安息ではない。魂と魂が対峙《たいじ》し擦り切れるときの火花のような、はじまりの光だ。

「フレデリク、本当のことを教えてください」

「え？」

「何を恐れることがあるんです？」

答えない自分の心に、その光が差し込んだ。

これは逃避だ。わかっている。自分は卑怯者《ひきょうもの》だ。

それでも、伸ばされた手にしがみつきたくてたまらなかった。

フレデリクは、触れていたジョルジュの指先を搦《から》めとり、そのまま握りしめた。

「本当のことを言っていいですか」

「ええ」

「あの夜から、あなたの瞳が忘れられない」

女の指先に口づける。それは燃えるように熱かった。

高鳴る心臓の音を聞きながら、フレデリクは大きな黒い瞳を見つめていた。

書簡（1839）

親愛なる　F・ショパン

その後、加減はいかがだろうか。

手紙の返事が遅れたことを許してほしい。さっきフィレンツェに戻ったところで、まだ荷解きもしていない。

次女のコジマが生まれてから、いい乳母が見つからず、レッスンやらチャリティやらで日々が目まぐるしく過ぎていく。

またゆっくり、あらためて連絡するよ。

右、とりいそぎ

F・リスト

親愛なる　F・リスト

こちらこそ、あいかわらず筆不精ですまない。

冬のあいだはいろいろあって、いまようやくマルセイユに戻ったところだ。パリに戻る時期は、まだはっきりしない。落ちついたら、ジョルジュからも手紙が届くだろう。

また報告する。

F・ショパン

第七場　不協和音

親愛なる　F・ショパン

昔、スイスのルツェルンで、背中に矢を受けて死ぬライオンの像を見た。見知らぬ王族のために命を散らした傭兵《ようへい》たちの、悲劇の証なのだそうだ。彼らは遠い異国で故郷を思い、牛飼いの歌を口ずさんだ。悲しくて、どこか甘美な歴史だと思った。

パリを離れて四年。俺には、自分の「家」がない。

生まれ故郷の記憶はあいまいだし、妻と子が待っているイタリアは、いつか終わりがくる巡礼の旅路でしかない。

パリに戻ると落ちつく。おまえとの日々を思い出すことができるから。


ここ数年、演奏旅行が増えて、ポーランド語も少し勉強した。

おまえが言ってた、ふたつの鈴の伝説も調べたよ。

あるところにふたつの鈴があって、一緒に鳴らすと美しい音を奏でると言われていた。

ある国の王がその鈴を集めさせ、玉座の前で鳴らしたが、音は濁って消えてしまった。人々は知った。ふたつの鈴は、近づきすぎると互いの波長を妨げ、鳴らなくなってしまうのだと。


なあ、あの海で、おまえはなにを言おうとしてた？

目覚める前、おまえが叫んだ知らない言葉——Pomóż《ポーミシュ》 mi《ミー》——「助けて」という意味だった。

なにから助けてほしいんだ？

いつも名前を呼んでる、ユゼフって誰だ？

俺には、過去を分かち合うことすらできないのか？


さらさらと紙の上を滑っていたペン先が、ふいに止まった。

なにを書いているのだろう。

「……真夜中のたわごとだ」

呟いて、フランツは便箋を破り捨てた。

フレデリクにはしばらく会っていない。

正念場の年だった。互いの忙しさや彼の静養が重なって、顔を合わせる機会がなかった。夏になって、メキシコへのフランス軍侵攻を問題視する世論が盛り上がり、ふと彼のことを思い出した。あいつはいったいどんな顔で新聞を読んでいるのだろう、とフランツは思った。

大人になり、広い世界が視野に入るようになると、自分が否応《いやおう》なしに時代に組み込まれていることを思い知らされた。そこには、大河のうねりに放り出されたような恐ろしさがあった。いつからこんなに臆病になったのだろうと、自分にうんざりする。

数年前までは、どんな嵐にさえ逆らって進もうとしていたはずだ。なにも恐れるものはなかった。隣にはあいつがいた。それなのに。

便箋の切れ端のFの文字を、フランツは指先でなぞってみた。

過去に戻ることなどできない。人は、前へと進まねばならないのだ。

たとえひとりきりでも、前へ、前へ。

＊

短い夏はあっという間に過ぎ去り、木々が鮮やかに色づく。

黄色や橙色に染まったパリの通りを歩きながら、フランツは冷えた空気を吸い込み、満足そうに吐き出した。

トップハットをかぶり、ステッキを手に悠然と歩く長身の男を、道行く人が振り返った。二十八歳になったフランツは、いまやまごうかたなきスターである。

パリは一年を通じて美しい街だが、特に秋は格別だった。セーヌ川やパレ・ロワイヤルの賑わいに、チュイルリー公園。まもなく到着するフレデリク・ショパンとジョルジュ・サンドの新居もまた、最先端のアパルトマンだと聞いている。

単に、フレデリクに会えるのが楽しみなのかもしれない。自嘲気味に考えたが、浮き立つ足は止まらなかった。

トロンシェ街5番地。目的の住所を確認して、フランツは玄関の呼び鈴を押そうとした。そのとき内側から扉が開き、出てきた青年とぶつかりそうになった。

「おっと！」

「申し訳ありません！」

敏捷《びんしょう》に飛びのいた青年は、少し癖のあるフランス語で謝罪した。フランツはふいに、既視感につらぬかれた。

「いや、大丈夫だ……」

答えながら、気遣わしげに自分を見つめる青年を見返した。

「君……、どこかで会ったことある？」

率直に尋ねると、青年はぎくりとした様子で、首を横に振る。

「ないと思います」

「気のせいか……。足止めしてすまなかった」

愛想笑いを浮かべ、ぺこりと頭を下げ去っていく青年を見送りながら、あらためて呼び鈴を押す。フランツは反芻した。

あの発音……ポーランド系だろうか？

そういえばどこか、フレデリクに似ているのかもしれない。ひさしぶりに会うから、妙なことばかりに気が回るのだ。

フランツはあらためて周囲を見渡す。アパルトマンの古典的で瀟洒《しょうしゃ》な外観は、いかにも友の好みだった。

そのうち使用人がやってきて、フランツを迎え入れた。主はふたりとも留守だという。

フレデリクの部屋に案内されると、思わず微笑んだ。

空が見える大きな窓。太陽の光を浴びて輝く、菫《すみれ》の花瓶。風に揺れるカーテンのそばにはピアノ。四年前となにも変わらない。

「あいつとのデュオなんて、何年ぶりだろう」

ひとりごちるとフランツは、懐かしいピアノに近づいていった。

虎斑《こはん》模様が美しい、飴色のピアノ。それは美しい調度芸術でもあった。

ピアノの蓋を開け、音を鳴らす。深くくぐもった、ため息のような音だ。

フランツはそっと、コレンダのメロディをなぞった。

離れてからも、何度も弾いた曲だった。フレデリクの魂そのものにすら感じるこの曲には、やはりこの音こそがふさわしい。

フランツはそっと笑って、視線を上げた。

次の瞬間、譜面台下のフレームと前框《まえがまち》の間に、白い色がよぎった。そっと手を入れて触れると、それは封が切られた手紙だった。

こんなところに隠していたのか。フランツは感心する。

フレデリクらしいやり方だ。彼にとって、ピアノは自分自身に限りなく近い存在なのだから。一晩でコンサート・グランドを壊したことすらあるパワー型の自分には、ちょっと考えつかない。

フランツは好奇心を掻《か》き立てられ、手紙を取り上げた。あて書きは、当然のようにポーランド語だ。

「ミツキエヴィチの手紙か」

堂々としたその文字は、かつて見慣れたものだった。

しかし、中身は違う。フランツは驚愕した。

流れるような美しい文字。内容はわからないが、フレデリクをフリッツと書く慣れた筆跡からは、親密な雰囲気が窺えた。

別の友人――「ユゼフ」だろうか。

体が震えた。ミツキエヴィチから届く手紙の中身は、二重になっていたのだ。

「どういうことだ？　ポーランドはそれほどまでに検閲が厳しいのか？」

それとも。

隠すことがなければなぜ、こんなに手の込んだことをするのだろう。

フランツは突然、心臓をぎゅっとつかまれたかのような恐怖に襲われた。

フレデリクが祖国に抱く苦悩と、滾るような情熱を、フランツは知っている。それはおしなべて、ロシアへの憎しみにつながっていた。

しかしフランツは知らない。他国の蹂躙によって、「故郷が地図から消える」という悲劇を。

なんでもない日常が、砲撃によって破壊される悪夢を。

もし自分なら、どうするだろう。

何度試みても、想像が追いつかなかったけれど——。

自分自身の鼓動が、兵隊の進軍太鼓のような規則正しさで、不気味に響き渡る。フランツは几帳面《きちょうめん》な手つきで、手紙を元の場所に戻した。

胸にうごめく何かに急《せ》き立てられるようにピアノを離れると、書き物机の隅に置かれた手帳に手を伸ばす。

「あいつがいつも、傍らに置いていた日記……」

その手帳に鍵がないのは、中身がポーランド語だからだ。言葉を学んだ今の自分になら、内容が少しは理解できるかもしれない。

震える手でそっとページをめくる。期待もむなしく、手書きの外国語は難解で、アルファベットが落書きのように並ぶだけだった。自分の甘さに笑いかけたとき、あるページで手が止まる。

激情をぶつけるように、書きなぐられた文字。

破られた痕跡。そしておそらく、涙の跡。

友の内面に土足で踏み込んだような気がして、フランツは後悔した。

そっと閉じようとしたとき、見覚えのある文字の連なりが目に飛び込んできた。

Pies。この単語は「犬」——。


そのとき、階下から大きな音がした。

使用人の声が、家人の帰着を報《しら》せる。フランツが手帳を戻し姿勢を正すのと、フレデリクが入ってくるのは、ほぼ同時だった。

「フランツ、遅れてすまない！」

「おう！」

フレデリクが、めずらしく足早に近づいてきた。フランツは両腕を広げて友を迎え、抱き合って、ひさびさの再会を祝した。

まわした腕で豪快に背中を叩きながら、フランツは言い知れない不安に駆られていた。

——鼓動の高鳴りが聞こえなかっただろうか。

幸いフレデリクはかつてのように笑いかけ、座るように促した。

「すまんな。到着は一時間後だと思ってた」

「早く着いたんだ」

フランツは、努めて明るい口調で言った。

「聞いたぞ。マヨルカ島に行ってたって？」

「年明けにはマルセイユに戻ってた。島での暮らしはちょっとな……。いい曲はできたけど、思い出したくない」

フレデリクは苦笑した。

マヨルカ島での惨憺《さんたん》たる〝静養〟については、ジョルジュ・サンドの手紙で知っていた。結核患者だからと人里離れた廃墟《はいきょ》の僧院に押し込まれたかと思えば、近隣の村のミサに参加しないことを非難され、フランスからようやくピアノが届けば、高額の関税をふっかけられる。散々な旅だったというわりには、あいかわらず彼女の筆は冴《さ》えていた。

そういえば強い西風《ミストラル》に翻弄されて、フレデリクの体調もよくないとあったが。

「加減はどうだ？」

「まあまあだ」

フレデリクは、脱力したように椅子にもたれた。

「夏はノアンの、彼女の館でゆっくりできたんだ。あ、その前にジェノバにも寄ったぞ。イタリアはやっぱり、めしがうまい」

「なんだ、言ってくれればよかったのに！」

イタリアと聞いて、すかさず切り返す。今の発言は聞き逃せない。フレデリクを案内したい場所は、ごまんとあるのだ。

するとフレデリクが、笑って言った。

「おまえちょうど、ツアーで忙しかっただろう？　こっちも聞いたぞ、ついにリサイタルを成功させたって」

「……ああ」

急に話を振られて、思わず口ごもる。フレデリクは眩しそうに目を細めて、こちらを見つめていた。

「夢を実現させたな」

「まあな。ローマの観客に、太陽王を気取って『朕は音楽なり』と言ってやった」

いつもの調子で大見得を切ったあと、フランツは少し声を落とした。

「……おまえにも、聴いてほしかった」

「おしいことをしたよ」

それはこの一年で最大の成功であり、最大の悔恨だった。パリを出る前は、そんな未来を思い描いていたけれど、そううまくはいかないらしい。

自分の成功のそばにはいつもフレデリクがいる。

同じことを考えていたのだろうか。わずかに沈んだ空気をごまかすように、フレデリクは俯いた顔を上げた。

「マリーは元気か？」

一瞬の逡巡のあと、フランツは懐からロケットに入った姿絵を取り出した。

「春に三人目が生まれた。長男のダニエル」

「おめでとう！　ブランディーヌに、コジマに、ダニエル坊やか。美男美女の子どもたち。かわいいいな！」

「ああ。ただマリーはちょっと不安定で……」

感嘆するフレデリクに、フランツは気が重い告白をする。

「去年から俺、演奏活動を再開したんだ」

「ウィーンでの慈善ツアーだろ？　ドナウ河氾濫の被害を受けたハンガリー支援のためのチャリティだって、新聞で読んだ」

「ああ。仕事はうまくいってる。だから、あまりそばにいてやれなくて……」

「そうか……」

再び空気がよどむ。フランツは長い脚を組みなおした。

「じつは、もうすぐ新しいツアーがはじまるんだ。年明けには、指揮者デビューの話も来てる」

「そりゃすごいな！」

「金曜も、その顔合わせなんだ。今度のスポンサーはロスチャイルド銀行の顧客で、新規事業を起こした人なんだが、彼の会社はきっとこれから伸びるだろう。報酬は一回につき四〇〇万。悪くない話だろ？」

「……ああ」

フランツはため息をつき、天井を仰いだ。

「よかったよ、ほんと。これでもう、俗っぽいことであくせくせずに、自由に活動できる。……そういえば約束の、何時だっけ？」

ふと思い出して尋ねると、フレデリクが答えた。

「ポトツカ夫人のサロンなら、金曜の八時だ」

「え、そうか。土曜とばかり……」

フランツは慌てて姿勢を正した。そのサロンは、ふたりの競演が目玉だった。

「まいったな。顔合わせ、ほんとは来週の予定だったんだけど、クライアントが早めに到着するらしくて……」

顔をしかめるフランツに、フレデリクが不自然なほど明るい声で言った。

「まあ、大丈夫だ」

「大丈夫って？」

「大丈夫にした」

フランツは、外国語を聞いているような気分になった。

「……どういうことだ？　おまえとひさしぶりにデュオを披露する予定だっただろ？」

どんなに楽しみにしていたか。しかしフレデリクはこともなげに言う。

「おまえにも俺にも予定ができた。今回は難しいって、伝えてある」

フランツは、信じられない思いで聞き返した。

「なんで……？　夫人には世話になってる。ヴィメルマン先生もきてくれるって……」

「未来のためだろ？」

「そうだけど、……そういうの、やめてくれ」

「そういうの？」

ごく冷静に尋ねる相手に、感情が逆立った。

「そういう、保護者みたいな態度だよ。俺たち最強だったのに、なんか……あたりまえの大人みたいだ」

「大人だろ?」

言い聞かせるような声音にかっとなり、思わずフランツは立ち上がった。

「大人だよな、おまえは。仕事したり、勉強したり、練習したり、子育てもして? もっと上手に時間を使って? 言われたとおりちゃんとして? いつから俺は、おまえの子どもになった!?」

「フランツ……」

言葉を失ったフレデリクの様子に、フランツは我に返った。

「ごめん。今のはやつ当たりだ。悪かった」

「いいんだ。……マリーとうまくいってないのか?」

フレデリクの、見透かすような青い目がこちらを見ている。フランツは観念し、ため息をついた。

「ああ。彼女、もう何も書いてない。あんなに才能があるのに。今はもう、会えば喧嘩になるんだ。俺が、彼女の夢を奪ってしまったから……」

「……彼女が選んだんだ」

「そう思ってたけど、わからなくなった。本当に、自分で選んでるものなんてあるのかな」

それはマリーの問題であり、自分の問題でもあった。

「彼女が苦しんでいるのは知っていた。わかってて、何度もやり直そうとしたけど……今度こそだめかもしれない。愛しているけど、俺にはもうどうすることもできない」

マリーへの愛は、夜空の星を見上げたときの突き動かされるような憧れに似ていた。彼女に出会い、遠い星に焦がれるように愛を捧げた。聡明で美しく、すべてを託すに足る人間だと信じていた。音楽はもちろん、未来でさえ。

しかし、夢や未来を、他人に預け続けることなどできない。

気づけばフランツは社会的地位を手に入れ、彼女を追い越そうとしていた。彼女もおそらくそれに気づいて、苦しんでいる。

ふたりでいても、この先に目指す未来が見つからなかった。フランツはただのピアニストで終わるつもりはない。やらねばならないことは山積みだった。

愛にひたむきでいられたのは、なにも持っていなかったからだ。

今はもう、届かない星に憧れていた頃のように、無心なままではいられないのだ。

フランツは、力なく呟いた。

「永遠に明けない夜みたいだ」

「……そういうときもあるよ」

「そうか？」

「そういうときはベッドに横たわって、死んだように朝を待つ」

フレデリクは椅子にもたれ、目を瞑ってみせた。

「そうすると、音楽が生まれる。俺自身にも見えない答えが、音になって湧いてくるんだ」

そのまま夢を見ているように笑うと、青灰色の目が開き、こちらをまっすぐに見つめた。

「たぶん、答えはいつも、自分自身の中にあるんだと思う」

「……そうだな」

ふいに、胸の奥が締め付けられるように痛んだ。自分はなんて、小さいのだろう。フレデリクの境遇を思うと、胸が痛い。さっきまであんなに必死で考えていたのに、すぐ自分のことで精一杯になってしまう。

「勝手に断ってすまなかった」

右手を差し出すフレデリクの言葉に、今度こそフランツは笑い返した。

「いいんだ。ポトツカ夫人には、いずれとびきりの埋め合わせをしよう」

「いいな」

ふたりは仕切り直すように強く、互いの手を握った。

「最近、プレリュードの仕上げにかかってるんだ」

フレデリクのその言葉を皮切りに、かつてのように鍵盤を囲み、新曲を披露しあった。

フレデリクは新曲を「雨だれ」と呼んだ。最初はやさしい下降音。こんなふうにはじまるプレリュードは、他になかった。しかも中間部で、雨だれの音は嵐を呼び、悪魔の呻きのような濁流にのみ込まれていく。

フランツは、フレデリクからピアノを奪って叫んだ。

「ここ、すごくいいな！」

「だろ？」

音楽に没頭し、夢中で語り合うこと以上の幸福があるだろうか。フランツは、作曲者が驚くほど綿密に楽譜を観察し、あらゆる角度から演奏を模索した。

しかし、時は無限ではない。

「レッスンの時間だ」

フレデリクの言葉とともに、別れの時が訪れた。

「最近、顧客も増えてるぞ。いい世話役ができてな」

その報告に尋ねたのは、なんでもない世間話のつもりだった。

「それはよかった。誰？」

「オブレスコフ夫人」

フランツは息が止まった。その名前は。

「……断れなかったのか？」

「なぜ？」

「彼女はロシア貴族だ。ポーランドの敵だろ？」

「でも、夫人はいい人だ」

「タールベルクの時の、あの一件を覚えてないのか？　マイアベーアの『ユグノー教徒』を凡庸におとしめた、あのピアニストになりそこないの貴族。彼女はあいつの支援者でもある。あんな――くだらない芸人の」

封印したはずの、自分の怒りまで甦ってくる。

「あんなやつをパリの大衆は誉めそやし、ジャーナリストどもは持ち上げるんだ。『リストは何もわかってない』って！」

「覚えてるけど、あんなの移り気な社交界の流行に過ぎない。比べることないって言ったろ？」

「ああ。でも、我慢できない。強い者を強くし、弱い者に絶望を与え、芸術家など言論の世界で生きる権利がないと決めつける、あいつらのやり方が」

「わかるけど……」

「仕事は仕事。弾薬は心に秘めて、病者を装え、か」

フレデリクがはっと息を止めたのがわかった。

彼は昔、それを自分の信条だと語った。でも今の自分は、それを卑怯な逃げなんじゃないかと思っている。思ってしまっている。

「なんでそんなに分別ぶるんだよ？　おまえの大事な運搬物は――ポーランドへの愛はそんなもんかよ？」

「なんだと……？」

フレデリクの青い瞳に、静かな怒りが宿る。言い過ぎだとわかっているのに、言葉を止められない。

「おまえが亡命者支援のコンサートに出るたびに、俺はその勇気に感動してた。カロル・リピンスキなんかロシア大使館の制裁を恐れて一切ノータッチだったのに、俺の相棒は違うって」

「買い被《かぶ》りだ」

「そうだな、買い被ってた。敵のはずのロシア人に雇われて、ポトツカ夫人との――俺との約束をあっさり反故《ほご》にする。おまえがわかんねえよ」

数時間前の痛いほどの共感は何だったのだろう。

「もしかしたらミツキエヴィチの指図かなんかか？　おまえらポーランド人社会には掟《おきて》でもあって、同胞じゃない俺にはなにも話してくれないのか？」

「馬鹿なこと言うな！」

フレデリクが、はじめて声を荒らげた。

「馬鹿なことじゃない。俺はこの四年、いろんな国を、いろんな世界を見てきた。親になって、たくさんの人と関わって、自分に何ができるのか俺なりに考えてきた。……もう、おまえが出会った頃の俺じゃねえんだよ！」

十年前、七月革命でパリ市民が立ち上がったとき、世間から雲隠れしていたフランツは、それを傍観するしかなかった。

でも今はもう、なにもできなかった若造じゃない。

フレデリクに出会って変われたからだ。

「なあ、ユゼフって誰だ？」

核心に踏み込むと、フレデリクが目を伏せた。いつもこうだ。フランツは真摯に言葉を重ねた。

「俺の目を見ろよ。教えてくれ。今ここにチャンスがあるなら、どんなことでも知りたいし、戦いたい。おまえのためなら、命を懸けてもいい」

顔を上げたフレデリクが鋭い眼差しを向けた。

青い炎のような怒りに射ぬかれフランツは思わず口をつぐんだ。フレデリクは、小さな声で呟いた。

「……死んだら何にもならない」

「は？」

瞬間、今まで聞いたことのない剣幕で、彼は怒鳴った。

「死んだら何にもならないだろ！　軽々しく言うな！」

フランツはごくりと唾を飲み込み、その言葉に反論した。

「……それは自分が決めることだ。できるかもしれないのに、あきらめるなんてできない」

フレデリクは唇を歪め、嘲るような笑みを浮かべた。

「傲慢だな」

「傲慢で結構だ。俺はいずれ音楽界の頂点に立ち、政治さえ動かすよ」

いま思いついたことではなかった。

火種がくすぶり続ける東欧。保身に走る政治家。革命を経てなお、世を覆い尽くす不平等。少しでも社会を変えるためには、盤石な地位が必要なのだとフランツは信じていた。

そのためなら、人身御供《ひとみごくう》も苦ではない。

「おまえはいつまでもここにいて、ご婦人たちにちやほやされてろ」

フランツの挑発を、フレデリクは冷ややかに受け流した。

「……言いたいことはそれだけか」

「それだけだ」

ふたりの間に、張りつめた静寂が満ちる。

やがてフレデリクが宣告した。

「帰ってくれ」

フランツは踵《きびす》を返し、部屋を後にした。外は、うんざりするほどの秋晴れだった。

＊

「くそっ」

フランツは、拳で鍵盤を叩くと天井を仰いだ。

狂ったようにピアノを弾き続けた指先には力が入らず、氷のように冷たい。

反響音が止《や》むと、あたりには静寂だけが残った。母親はあきれて出かけたらしい。なにもかもが遠い世界のことのようでむなしかった。

ただ、燃えるような胸の痛みだけが鮮やかだった。

「あんなことが言いたいわけじゃなかった！」

一瞬で、世界が崩壊してしまったようだ。

フレデリクを問い詰めなければよかっただろうか。目を閉じ、耳を塞ぎ、口をつぐんでうずくまっていれば、失わずにすんだのだろうか。

フレデリクの氷のような拒絶が、心臓に突き刺さっていた。体中が鉛のように重い。

地面に縫いとめられてしまったかのようだ。

フレデリクの声が聞こえる。

呆れた顔で皮肉をいう声。走る俺を見つめ、静かにたしなめるあいつの声。

どんなときも俺は、あいつといるとひどく安らいだのに。

今もそれを思い出して救われているのに。

それは、父の死に感じた喪失感とは違う、どうしようもない痛みだった。

おもむろに立ち上がると、フランツは重い体を引きずって長椅子に倒れ込んだ。脱ぎっぱなしだったフロックコートの傍らから、鎖のついたロケットを拾い上げる。

そこには、十五の頃から繰り返し眺めてきた父の肖像が入っていた。彼を喪ったときは、あまりに突然で、痛みなど感じるいとまもなかった。家族を支えることだけが、思考のすべてになっていた。

苦痛より烈《はげ》しい感情が尽きることなく湧き出て、どこまでも前進できる気がした。あの烈しさはもう、フランツの中にはない。

フランツは、絵の中の父の、挑むような眼差しに目をやった。

息子の前ではいつも泰然としていた父の眼差しが、フレデリクの青い目と重なった。

瞬間、フランツの中に違和感が流れ込む。

「あいつはなぜ、俺の予定を知っていたのだろう……？」

フレデリクはたしかに、「おまえにも予定ができた」と言った。

しかし、クライアントとの予定が確定したのは今朝のことだ。フレデリクに話が伝わっているはずがない。

やっぱりなにかがおかしい。

ミツキエヴィチの手紙の仕掛け。あの日記の言葉が意味するもの。そして。

「あの男か！」

アパルトマンの前でぶつかった青年の顔が、頭の中に閃《ひらめ》いた。栗色の巻き毛に、愛《あい》嬌《きよう》のある榛色の瞳。そして忘れることのない、ポーランドの訛り。

「彼と俺とは、たしかに会ったことがある」

点と点のように感じられたすべてが、今はっきりと結びついた。

すべてが指し示す。フレデリク・ショパンが秘めている弾薬とは、いったいなんなのかを。

第八場　訣別

サン・クルー王宮によばれたのは、冷たい雨の降る夕方だった。

十月も後半だ。肌にじわりと沁みわたるような晩秋の寒さが感じられ、周囲は細かい雨で霞んでいた。どんよりとした空に鳥は一羽も飛んでいない。

セーヌ川を見下ろす高台にある城の庭園には、手つかずの緑が多く、晴れれば空気も澄んでいる。しかし、フレデリクがそれを気持ちがいいと思ったことは、一度もない。ただ、隠れて人に会うには最適だ、と思っただけだ。

「こちらです」

ものものしい侍従の案内に頷きながら、コートの雨粒を払った。

十六世紀にイタリアの銀行家が建てさせたこの城は、カトリーヌ・ド・メディシス最愛の息子アンリ三世が暗殺されたことでも知られている。彼はフランス王であると同時に、ポーランド王の称号も名乗っていた。

統治するはずの国から逃げ出したくせに、よくも。

永遠に続くかと思われるような長い廊下を歩きながら、フレデリクは薄く笑った。

彼の暗殺を機にフランスのヴァロア朝は終焉《しゅうえん》を迎え、ブルボン朝が始まった。城を買い上げたのはあの太陽王だという。そしてその子孫は、愛する王妃マリー・アントワネットのために、美しい改装を施した。皮肉なことにその王宮は今、〝民衆の王〟ルイ・フィリップを主に戴《いただ》いている。

着飾った紳士淑女があふれる大広間《サロン・カレ》へ足を踏み入れると、無数の視線がフレデリクをつらぬいた。親しげに挨拶してくれる人もいたが、大半は彼を横目に見ては、ひそひそと話を交わす。

大方、「あのジョルジュ・サンドの愛人」の噂話だろう。あるいは、このところ財政上の問題として浮上しつつあるポーランド難民へのあてこすりだろうか。自分に突き刺さる視線のほとんどに、冷たい嘲笑が含まれていることは疑いようもなかった。

フレデリクはどっと疲労を感じる。

王宮とは、まぎれもない魔窟だ。どこもかしこも磨きあげられ、昼夜を問わず明るく輝く空間で、高貴な人々が笑いさざめく。しかし、フレデリクの目には、その背後で不気味にゆらゆらと揺れる影こそが、彼らの真の姿であるかのように映った。

上座には、王の一族が内輪で集っていた。王妃と、オルレアン公夫人、それにつらなる貴婦人たち。そして肘掛椅子には、肥満体の国王。

国王は先ほどから、一言も発しない。一度、その濁った褐色の目でちらりとフレデリクを見やると微笑し、それからずっと目を瞑っている。ざわめく室内で、彼の周囲だけが奇妙に静かだった。すべての騒音、無数の負の感情を、まるで感じていないかのようだった。

フレデリクは暗澹《あんたん》たる気持ちに囚われた。

ルイ・フィリップの統治ももう、長くはないのかもしれない。

国民の支持率を武器に王となった彼が一八三〇年に宣言した公約は、もうずっと守られていなかった。

遅かれ早かれ、パリにはまた革命が起こるだろう。街中を、暴力が支配する。

変革は必要だ。しかしそれならば、なぜ神はそれを何度も潰《つい》えさせるのだろう。自嘲気味に笑ったフレデリクのそばで、穏やかな声が響いた。

「あいにくの雨ですね」

振り向くと、先に到着していたイグナーツ・モシェレスだった。白髪交じりの髭《ひげ》をたくわえた音楽家の柔和な表情に、心がほどけていく。

そうだ。俺は音楽家だ。今はただ、音楽だけを見つめればいい。

ルイ・フィリップのお気に入りである彼とは、何度かデュオも経験していた。

「のちほど、例のモーツァルトのソナタをふたりでやりましょう」

「雲をつらぬいて差し込む、聖なる光ですね」

モシェレスの言葉に、フレデリクは笑った。

宴もたけなわになると、ふたりは交代でピアノの前に座った。

まずはフレデリクが、ノクターンとエチュードを数曲弾いた。モシェレスも、自作のエチュードを披露した。次に、ふたり一台のピアノでモーツァルトのソナタを重奏した。もの憂げな暗闇が広がりかけた終盤に、眩しい光が雲をつらぬくように差し込む第二楽章、アンダンテ。音が消えると、楽章間にもかかわらず喝采が沸きあがった。王からアンコールの指示も与えられ、モシェレスと笑顔を交わす。

後半に用意していたのは、新作のフーガだった。学生時代、バロック時代の対位法への憧れをこめて作曲した二声のフーガを、少し手直ししたものだ。

ピアノの前で、目を閉じる。

すっと息を吸い、フレデリクは鍵盤に触れた。

厳かに紡がれるケルビーニの左手の主題を、右手が追いかける。心をざわめかせるE音のトリルが、等間隔に現れる。装飾に気を取られていると、中間部から劇的な半音階の展開が現れ、バロックの世界は思いがけず瓦解していく。

そこに見えるのは新しい世界だった。

十七歳のフレデリクが紡ぎ出した混じりけのない恍惚が、演奏する彼自身の心を過去へと誘《いざな》った。

夜空を流れる彗星《すいせい》のように不穏で美しい、迷路のような螺旋《らせん》を昇っていく。

昇りつめた先に見える、あの光はなんだ。

陽光に輝くせせらぎの、木々を映す緑色。

あれは故郷の川か。

二度と帰れない故郷。帰らない故郷の、森の色か。

ざわざわ、ざわざわ。

青葉の波濤《はとう》が、耳について離れない。

違う、あれは手放した友の声だ。

手放したはずなのに、未練がましく思い出す。

雲間の光のように唐突で、騒々しくて、あたたかなあの声を。

『フレデリク！』

瞬間、足元がぐらりと揺れた。フレデリクは虚空に落下した。

音の波に漂いながら、落ちていく。落ちていく——。

奇妙な安堵とともに、曲が終わった。あたりはしんと静まり返っていた。

しばしの静寂のあと、誰かのため息が聞こえ、続いて広間は割れんばかりの拍手で埋め尽くされた。

満面の笑みを浮かべたモシェレスに肩を叩かれ、フレデリクは歓声に応えた。それぐらい、放心していた。

フレデリクはそのとき、音楽そのものだった。

だから、近づいてきた侍従からその報せを受けたときは、思わず耳を疑った。

フランツ・リストが、衛兵に捕らえられたという。

＊

フレデリクは、暗く長い階段を下りていた。

王宮の一角、未決の囚人を一時的に収容している留置所へと続く階段だ。

長い夜会のあとで、疲れ切っていた。

おまけに暗闇のおかげで、不吉な記憶がよぎる。

薄暗い部屋。いまだ怪我の癒えぬ男が、暖炉の前に置かれた椅子に腰掛け、煙草《たばこ》をふかしている。フレデリクは傍らのピアノで、新しいマズルカを綴っている。見慣れた光景に割り入る、階下の悲鳴。乱暴に扉を蹴破り、部屋の中に押し入る兵士たちの足音——。

だめだ。フレデリクは奥歯を喰《く》いしばり、体が震えるのをこらえた。

もう誰も連れて行かせはしない。目に見えない何かに向かって、フレデリクは告げる。もう二度と、絶対に。

『真正面からぶち壊すだけが戦いじゃない。おまえは、立派に戦ってるよ』

脳裏をよぎる、友の声に足を速める。

フランツは、光だった。それは、フレデリクがあきらめようとしていた世界に、たしかに火を灯した。それだけでよかった。

だからこそ遠ざけようとしたのに。

「おまえは置いていかないでくれ……」

迷い子のようにかぼそい声が冷たい壁に反響し、フレデリクは我に返った。階下が明るい。

「誰だ？」

物音に気づいた衛兵が誰何《すいか》の声を上げた。

階段を下りきって許可証を突きつけると、兵は敬礼を返した。フレデリクはさらに進んだ。鳴り響いていた足音は、ひとつの鉄格子の前でぴたりと止まった。

輝くほど白いジョッパーズ姿の監視兵の背後に、黒ずくめのフランツがうずくまっていた。見間違えようのない姿だった。

フランツはすっと顔を上げ、乱れた長髪の間からフレデリクに視線を向けた。

思わず息を呑んだ。留置所にいた彼は、仄暗く凄絶な美しさを纏っていた。フレデリクに気づき、その口元がにやりと歪む。

「よお」

不敵な態度に、フレデリクは激昂した。

「ふざけるな！　勝手なことすんじゃねえぞ！」

空気が凍りつく。

尋常ならざる気配に、直立していた監視兵がびくりと震えた。

「なにかあったらどうするんだ!?　おまえにユゼフと同じ目にあってほしくねえんだよ！」

真っ赤に上気する顔を気にする余裕もなく、フレデリクは叫んだ。

無言のままこちらを見据えるフランツの様子に冷静さを取り戻し、フレデリクは言った。

「ひとまずここを出よう。馬車を手配しておいた」

「……ですが、書類は」

監視兵がおずおずと口をはさむ。フレデリクは許可証を差し出し、事務的な声で告げた。

「ここに、ド・ペルチュイ伯の署名がある。この男の身柄は私が預かります」

兵士は勢いよく頷き、鍵を鍵穴に差し込む。

それを眺めていた美貌の囚人は、兵士すら見惚れるような笑顔を見せて立ち上がった。

「世話になった」

まるでカフェの給仕に声をかけるように兵に礼をするのを見て、フレデリクは憮然と踵を返した。

地上に出ても、下と変わらぬ暗さだった。午前零時。夜明けにはまだ遠い時間だ。

城門に待たせていた馬車に乗り込んでからも、ふたりはしばらく無言で過ごした。市街地に入り、馬車がガタリと大きく揺れたのをきっかけに、フランツがぽつりと呟いた。

「御前演奏、どうだった？」

「国王と、王妃はじめ貴婦人方に、ノクターンとエチュードを。あと、モーツァルトのソナタも弾いた」

前方を見据えたまま、フレデリクが答える。フランツは声に挑発的な笑いを滲《にじ》ませた。

「その前に会ってた男は？　外交官か？」

フレデリクは舌打ちをせんばかりに苛立った。横目でフランツを見やり、低く問う。

「……どういうつもりだ？」

「真実が知りたい」

「またそれか」

「おまえを苦しめてるものの正体」

「だから人を尾行したのか？」

「話してくれないからだ！」

矢継ぎ早の追及に、フランツの声が怒気を孕《はら》んだ。フレデリクは冷たくいなした。

「自分をデュマの小説の主人公か何かと勘違いしてるんじゃないのか？」

「そんなんじゃねえよ。ただ、真実を知りたいだけだ」

フランツは、その身に滾る激情を抑えるように言った。

「気づいてないとでも思ったか？　おまえは昔から、御前演奏と称して王宮へ呼ばれてたよな。そしてぐったり疲れて帰ってくる。旅券だなんだと出向くことも多かったけど、本当はどこへ行ってた？」

「協会だ」

「嘘だ。おまえはブローニュに程近い邸宅に通ってる。フランス政府の誰かの屋敷で――」

そしてフランツはフレデリクの目をまっすぐ射ると、唸《うな》るように吐き出した。

「ポーランド独立のための工作を手伝っているんじゃないのか？」

「……黙れ」

フレデリクは静かに諭した。

「御者の耳がある」

車内は、再び沈黙に満たされた。

フレデリクは、自分がまた震えていることに気づいた。頭がくらくらする。わかっているつもりだった。今までに何度も、何かを失う苦痛は味わってきたはずだった。

それでも永遠に、慣れることなんてできない。

自分の半身をもがれるようなこの喪失感に、耐えることなどできなかった。

＊

パリに着くころには夜半を大分過ぎ、雨風はいよいよ強まっていた。

トロンシュ通りのアパルトマンの前で馬車を降りると、吹き荒れる風がふたりの全身を濡らした。出迎えた使用人に人払いを頼むと、足早に自室へと引き上げる。

大きな窓に、花瓶に、ピアノ。いつもと変わらないはずのその部屋は、主の心のように薄暗く、不気味な静寂で満たされていた。

部屋の扉が閉まった途端、我慢できないというようにフランツが話の口火を切った。

「なあ、俺は間違っているか？」

フレデリクは無言でサイドボードのグラスを取り、ブランデーを注いだ。気付け薬だ。飲まなければやっていられない。しかし、

「おまえはポーランド独立のための工作を手伝っている。だから会合に出かけた夜、そして仲間であるミツキエヴィチからの分厚い手紙が来た夜、いつも夢でうなされるんだ」

フランツの言葉に手が止まる。彼は、その反応に力を得たように言いつのった。

「いつも思ってたんだ。俺はなんて無力なんだろうって。おまえが抱えてる苦しみが何なのかを知りたくて、日記を覗いたこともある」

「フランツ！」

フレデリクは振り返り、絶叫した。フランツは言葉を止めない。

「あれは呪いの言葉だった。——『ロシアの犬』」

「やめろ」

「『ロシアの犬が、愛するワルシャワをむさぼっている。神よ、あなたはどこにいるのか？　そこにいて、復讐もしないのか？　ひょっとしたら、あなたもロシア人なのか？』」

言い訳するわけでもなく、淡々と述べる声を聞いた瞬間、フレデリクの中でなにかが爆ぜた。フランツの胸倉を摑み、その体を手近な壁に押しつける。

「……ルール違反だぞ！」

「どっちがだ！」

こちらを見下ろしたフランツの凄絶な眼差しにつらぬかれ、フレデリクは言葉を呑み込んだ。

「俺は、おまえの大切な場所に入れなくて駄々をこねる自分を、今までずっと、必死で抑えてきた。ミツキエヴィチにも、ポトツカ夫人にさえ嫉妬したよ。ポーランドを分かち合えるから――」

地を這《は》うような声で、フランツは言った。

「あの子でさえ、おまえのそばにいられるのに」

「あの子？」

「ヤン。俺たちがはじめて会った夜、ゴロツキから助けた少年だ。この前、おまえの家の前で行き合った。すっかり成長して、すぐには思い出せなかったけど、たしかにあの子だった」

そして傷ついた瞳で、フレデリクを見据えた。

「こっそり助けてたんだな。秘書でもやらせてるのか？」

フレデリクは目を逸らし、摑んでいた手を放した。

「おまえには、関わりのないことだ」

「関わりならある。俺はパリに戻ってから、何度も周囲であの子を見かけていた」

「勘違いだ」

「勘違いじゃない。今朝、強引に引きとめて確認した」

フレデリクはため息をついた。

「……わかってた。もう限界だって。おまえは気づくだろうって」

「俺を見張らせていたのか？」

「ああ……」

「だから勝手にデュオを断ったのか？」

「そうだ」

「卑怯だ！」

フランツは目を剝《む》いて叫んだ。

フレデリクは口元を覆った。なにか言わなくては、と思うのに喉もとにせり上がった感情が言葉になる前に死んでいく。

「フランツ、……事情があるんだ。仕切り直そう」

するとフランツは、自嘲的に笑った。

「そうして俺に、黙って見てろって？　新しい人間が、またおまえの心に入っていくのを見てろっていうのか？」

胸が締めつけられるようなせつない笑顔だった。

「俺は、今のひとりで限界だ！」

フレデリクは静かに答えた。

「……ユゼフのことか」

フランツは頷く。

「いつまで我慢できるだろうって、ずっと思ってた。俺はおまえを相棒だと思ってたけど、おまえは違う。俺たちは、音楽も故郷への愛も、似ているようでまるで違う。おまえがすべて分かち合える人がいるなら、その人はポーランドの悲しみを知ってるんだろう。そう思うと、胸が張り裂けそうで、たまらなかった」

「なぜ？」

「俺はおまえの心を知らない。悲しみも知らない。どこまでいったって別々の人間で、近づけば近づくほど知らないことが増えていく。その隔たりだけはどうにもならない。でも、舞台の上で、同じ熱を感じたことがあるだろう。光を見ただろう。あのときは、確かに近くにいたんだ。だから、いつまでもおまえの心に居座り続けるその人に、嫉妬した」

胸を突かれた。

失うのが怖くて、もう二度と、誰も心に踏み込ませないと誓っていた。それは、自分の驕《おご》りではなかったか。

すべてを知っているつもりだった。フランツの目も、音も、その心も。それらがどんなふうにフレデリクに注がれてきたのかを思い出す。無邪気だと思いこんでいた友が、どんな孤独を抱えてきたのか、考えることもしなかった。

目まぐるしく動く感情に、喉が詰まった。フレデリクは声を絞り出した。

「おまえはおまえだ」

本心のつもりだった。しかしフランツは首を横に振った。

「俺は、おまえに何一つ返せていない。おまえのおかげで表舞台に戻ったのに……一緒にやろうって誓ったのに。自分の都合でパリを離れて、おまえひとりを置き去りにして。相棒が聞いてあきれる」

「フランツ……」

「ずっと、同じ場所にいられないのはわかってる。でも俺は、おまえの一番でありたい。どんなに離れても、変わっても、友でありたい」

フランツは毅然と立ち、黒い色の瞳を燃え上がらせてこちらを見ていた。

「フレデリク、俺は――」

なおも言いつのるフランツの言葉を遮って、フレデリクは告げた。

「俺は、密命と引き換えにこのパリにいる」

え、と呟いたまま、フランツは絶句した。

ついに言ってしまった。フレデリクは不思議な解放感に包まれながら、言葉を続けた。

「パリのポーランド亡命政府を監視し、動きがあれば知らせるようにと言われている」

「……誰に?」

「ロシア課報部《ちようほうぶ》に。そして、ロシアの動きを知りたいフランス政府に。いわば二重のスパイだ」

フランツは目を見開き、言葉を失っている。無理もない。

「ワルシャワの音楽院時代、レジスタンスの活動に関わった」

「レジスタンス……反体制の抵抗運動か」

「ああ」

フレデリクは息をつく。

「ユゼフ・ブロノフスキは、組織のリーダーだよ」

その男は、音楽院の先輩だった。組織の活動に関与したため退学処分になったのだという。フレデリクと仲間たちをロシア兵から庇《かば》ってくれたのがきっかけで出会い、意気投合した。音楽の女神に見放され、革命を選んだのだと笑っていた。

バッハのよく似合う、菩提樹《ぼだいじゅ》の木陰のような男だった。フレデリクの指標であり、夜に灯る明かりであり、方角を知らせる磁石だった。

「あるとき、指名手配されていた彼が下宿に逃げ込んできたのを助けた。たびたびユゼフをかくまった俺たちは、彼に感化されていった。何人かは退学し、活動に身を投じたよ。十一月蜂起の話も、ずっと前から聞いてた。でも俺は父たちに説得され、予定されていたウィーン行きを選んだ」

「……ああ」

「でもそんな矢先、怪我を負ったユゼフが逃れてきた。俺は彼を隠し、追ってきたロシア兵の気を逸らすため、ピアノを弾いた。出来立てのマズルカだった。するとひとりの兵士が声を上げ、ポーランドの音を冒瀆した。俺は激昂して、借りていたピストルの銃口を向けてしまった」

狂気のような怒りが、昨日のことのように甦る。

『あの男はどこだ』

ロシア兵は、こちらを同じ人間とすら認識していないような口調で叫んだ。フレデリクが怒りも露《あらわ》に怒鳴る。

『知らん。知っていても教えるものか！』

直後、凄まじい衝撃とともに、体が椅子から転げ落ちた。銃床で頭を殴られたのだ。

倒れこんだ自分にいっせいに銃口が向けられたのを見て、もはやここまでだと思った。

次の瞬間、大きな影が目の前を覆った。

「隠れていたユゼフが飛び込んできたんだ」

やめろ、と絶叫する自分の声と、銃声が同時に響いた。

フレデリクは思わず目を瞑った。しかし一瞬、友の体が大きく跳ねるのをたしかに見た。歯を喰いしばりながら、フレデリクを見てかすかに浮かんだ安堵の表情も。

そして、音が消えた。

絶望に突き落とされると、世界から音が消えるのだ。フレデリクはこのとき、初めてそれを知った。キンと鋭い耳鳴りのあと、なにもかもが静かになって、気づけば血だまりができていた。

「彼は俺を庇い、目の前で、射殺された。ロシア兵もまた、ユゼフの銃弾で死んだ」

声がかすれた。吐き気がこみ上げる。

ロシアが憎かった。そしてそれ以上に、自分がおぞましかった。

淡々と紡がれるフレデリクの言葉を、フランツは呆然と聞いている。必死で目を背け、それでも何度も繰り返す悪夢の元凶。フランツが求めた真実がこれだった。

「俺は連行され、厳しい尋問を受けたよ。ウィーン行きを知ると、ロシアの将校が交換条件を突きつけた。旅暮らしの音楽家や画家がスパイをさせられるのは、大昔からよくある話だ。故郷の家族や友人、みんなをシベリア送りにすると脅され、断ることなどできなかった」

「そんな……！」

フレデリクはなげやりに笑った。

「俺はロシアの犬になった。日記の『犬』は俺自身のことだよ。どんなに汚いことも見て見ぬふりをする、犬だ」

生きねばならない。もう、大切な人を殺させないために。

その願いのために、大切な人たちを裏切り続けた。どんなに苦痛でも、フレデリクにはもう、選びようがなかった。

「それでも、パリに来てしばらくはマシだった。犬なりに、いつか飼い主を噛み殺すため、ロシアと敵対するフランスの協力者になったからだ。でも四年前、ちょうどおまえがスイスに行く前、パリのロシア大使館に新しい全権大使が赴任してきた」

ピョートル・パーレン伯爵。

十一月蜂起の鎮圧部隊の指揮官を務めた、ロシア帝国将軍。それはかつてフレデリクに密命を言い渡した、あの灰色の目の情報将校だった。

「あの邸宅は……」

「ああ。彼の私邸だ。彼はレッスンという名目で俺を呼びつけ、情報を収集する。おそらくフランスとの取引も承知の上で、人をなぶって愉しんでいるのだろう。冷たく濁った目をした男だ」

その目の前で、何度絶望を味わったことだろう。

「あのときなぜ、ユゼフと一緒に死ねなかったのかと悔やんだこともある。でも、みんなが助けてくれた命だ。

俺は生きねばならない。生きねばならないんだ！」

燃えさかる炎。引き裂かれる感情。怒り。絶望。

フレデリクはそれらを、ひとつのエチュードに託した。音楽にぶつけるしか、術を持たなかった。人はあの曲を「革命」と呼ぶが、何のことはない。ただの懺悔《ざんげ》だ。

懺悔しても、平穏など許されなかった。なぜなら自分は、蹂躙され、血にまみれた千人の死体の上に立っている。

「夢の中で、俺は社交界の中に紛れ込んでいる狐《きつね》を、一匹ずつ始末しろと命じられる。美しいサロンで、一人一人に銃弾を撃ち込む。そして顔をあらためると、死体は全員、家族や仲間たちの顔をしてる。父さん、母さん、姉妹たち、ユゼフ、ジョルジュ、そしておまえ……。だから、うなされて目を覚ます」

「……助けてくれ、と言っていた」

「そうか……」

フレデリクはかすれた声で笑った。

「同胞はもちろん、社交界の友人たちも、ジョルジュも、おまえのことも、しっかり監視されている。旅は許されているが、どこにいても心の休まることがない。逃げ場などない。でも、俺にはそれだけの責任がある」

自分に言い聞かせるように言うと、無言のまま動かない友を見据える。

「なあ、フランツ。おまえ、言ってただろ。この街は行き場のない人間ばかりだって。そのとおりだよ。ヤンだって、戦ってる。ミツキエヴィチは俺の境遇に薄々勘づいてるが、黙って郷里からの手紙を仲介してくれる。頭が上がらないのは当然だ」

「でも――」

「言いたいことはわかる。おまえなら、正々堂々と戦うんだろうな」

フレデリクは歯を喰いしばり、溢れそうになる涙をこらえた。

「俺の世界に関わっちゃいけない。おまえは自分の夢を船の帆のようにはためかせながら、新しい世界に漕《こ》ぎ出していくべきだ」

「ならば、おまえがアンカーになってくれ」

「俺にはその資格がない」

フランツが絶句する。

そのまま黙っていてくれ、とフレデリクは願った。そうすれば、危険な目に遭うことはない。そう考えて自嘲する。いまだに彼を失いたくないと思っている自分が、ひどく滑稽だった。

　フレデリクの思いをなぞるように、フランツが呟いた。

「……おまえを失いたくない」

　フレデリクは踵を返し、振り向きもしないで言った。

「俺もだよ。でも、仕方ないんだ」

「ふたりの夢だろ!?」

　声が裏返るのも意に介さない必死さで、フランツは叫んだ。しかし、譲ることはできない。

「夢は人を傷つけることもある。誰かの死までを背負って生きる覚悟が、おまえにはあるのか?」

「ある!」

「即答か」

　フレデリクはゆっくりと振り向き、相手の眼差しの強さにはっとした。フランツの目に、眩い光があふれていた。

「俺には覚悟があるよ。もし夢の途中で傷つけた人がいたとしても、俺はその人の思いをきっと忘れない。おまえだってそうじゃないか。おなじ景色を夢見た人のことを、ずっと思い続けてる！」

魂の奥から、一気にあふれ出すような言葉だった。それらはフレデリクの心を確実に捉え、いつかの記憶へと誘った。

『フレデリク』

ぽつぽつと脳裏によぎるのは、簡素な学生の下宿だ。

煙草の匂い。安酒の味。ともに弾いたマズルカ。ユゼフとの会話はおぞましい夢に晒《さら》され、ただひとつ、自分の名を呼ぶ優しい声に集約されていった。砲撃や、銃声や、戦地の轟音が耳から離れなくなっても、その声だけはずっとフレデリクの中にあった。

『――が消えることはない』

あの日、出発を決めかねていたフレデリクに、彼が言ってくれた言葉は何だっただろう。その瞳は燃えるように熱かった。

はっきりと思い出せない。それでも俺は、彼を忘れない。

「……そうだな」

「俺たちだって同じだ。俺たちが消え去り、いつか忘れ去られたとしても、音楽は消えることなく生き続ける。そうだろ？」

思わず目を細めた。

フランツの背後の大きな窓から、夜明けの白い光が差し込んでいる。

嵐に打ち克ち、すべての人を包みこもうとする光が、ワルシャワの夜に置き去りにされたフレデリクを灼《や》く。

「……おまえはいつもまっすぐで、美しいな」

この光を、守らなければならない。

「愛しているよ。だからもう、俺には関わるな」

「……ッ！　フレデリク！」

ああ、この目だ、とフレデリクは思った。欲しいものを欲しいと訴え続ける、燃え盛る火のような目。

何度も逸らしたフランツの視線をまっすぐ受け止め、フレデリクは微笑んだ。

「俺たちは一緒にいちゃいけないんだ、ふたつの鈴みたいに」

これでいい。

目には見えなくても、鮮やかな記憶として受け継がれていくものが、俺たちの間にはたしかにある。

「だから、さよなら、フランツ・リスト。もう会えないかもしれないけど、元気で」

リストによるショパン公演評・結び（１８４１）

ショパンがフランスに来て、かれこれ十年になる。

今、この国ではピアニストを目指す若者が大群となって名乗りを上げているが、ショパンは、それに交じろうとはしない。大衆に向かって演奏することが、ほとんどないのだ。

ショパンにとって、音楽は言語だ。その言語を用いて悲しみを紡ぐには、静かな思索のなかで、ピアノと向き合う時間が必要なのである。

（中略）

誰かが名声を得るとき、そこには多かれ少なかれ、幸福な環境という後押しがある。運も実力のうちだ。そこに異論はない。しかし、過大な世評を得る人がいる一方で、過少に評価され続けている音楽家もいる。それだけは、正しておきたい。

ご存知だろうか。海の波は、同じ高さで打ち寄せているように見えるが、十番目の波はつねに、ほかの波よりも高い。この十番目の波にのせられて、誰よりも高く、より遠くへと運ばれる人がいる。

ショパンは、十番目の波だ。

私は、私の魂に誓って、ショパンをしのぐ力の持ち主がどこにもいないことを、自信をもって言っておきたい。

彼の音楽はきっと、未来へと運ばれる。

そして彼は知っている。芸術家にとって、最も大いなる喜びは、自分の魂そのものである作品が愛され、受け継がれていくこと。そのことなのだと。

第九場　浄夜

「十番目の波か……」

呟いて、フレデリクは窓の外を見やった。

静かな夜だった。月の光が忍び込み、部屋を淡く照らしていた。

フレデリクは古雑誌を片手に、すっかり定位置となった寝台のヘッドボードに凭《もた》れていた。八年前の『ルヴュ・エ・ガゼット・ミュジカル・ドゥ・パリ』。折り目のついたページには、フランツ・リストによるショパン単独公演の公演評が掲載されている。

フランツの文章は彼自身に似て雄弁だが、ときに大げさで苦笑を誘う。

それでも、この「十番目の波」のくだりだけは、何度読んでも嬉しかった。いつかふたりで過ごした海辺を思い出すからだ。

ふいに咳きこんで、小卓の薬湯に手を伸ばした。喉をうるおせば、いくらかはましだった。息を整えると、目を閉ざしたまま呟く。

「肺の中が、海鳴りみたいだ」

今朝も大きな発作があった。ハンカチに血がついたので、使用人たちに心配をかけぬよう、こっそり処分した。

人々の来訪は、もはや間遠になった。自分は故郷に帰ることも叶わず、パリに――この異邦に骨をうずめようとしている。せめて、今そばにいてくれる人々に、感謝と愛を捧げたかった。

彼らの決断がどんなに自分を支えているかを、形にできたら。そして願わくは――。


そのとき、ドアがノックされる音がした。

「誰？」

一瞬の沈黙のあと、扉が開く。すらりと伸びた長身を、黒いコートに包んだ男が立っていた。金茶の髪に縁取られた美貌。なにより印象的な、情熱を押し隠した眼差し。

フランツ・リストだった。

フレデリクは目を見開いた。

「フランツ！」

「よお」

フランツはかつてと変わらぬ返事をして、にやりと笑う。心の中に、一条の光が兆した気がした。

数年前にピアニストを引退し、今ではワイマール宮廷楽長の重責を任されていると聞く。その美貌は、かつてヨーロッパ中の女性たちを跪《ひざまず》かせた凄絶さとは別の、落ち着いた王者の風格へと変化していた。

それなのに。フレデリクは、記憶と寸分も違《たが》わない表情の彼に笑いかけた。

「変わらないな。何年ぶりだ?」

「忘れた」

「手紙の返事も書かずにすまない……」

「そんなもん気にするな。具合がよくないと聞いてな」

なんでもないように言うと、フランツはあたりを見渡し目を見張った。

「……おい、この部屋、泥棒でも入ったのか?」

つられてフレデリクも、周囲に青白い顔を向けた。

部屋中に、書きかけの原稿が散乱していた。楽譜も棚から引っ張り出され、そこかしこに叩きつけられている。

「あ、拾わなくていい!」

フレデリクの言葉を無視し、フランツが身をかがめた。髪がはらりと落ち、長い手が優雅に原稿を摑む。

「『メソッドのメソッド』、教則本か?」

「……ああ。最近、作曲が不調でな。勧められて、音楽入門の本を書きはじめたんだが、おまえと違って俺には向いてない」

悄然《しょうぜん》と打ち明けるフレデリクを尻目に、フランツは朗々とした声で、原稿の一節を読み上げた。

「『音楽とは、音を通じて思想を表現することであり、音によって感情を表示することである』。……ふ、おまえらしいな」

懐かしそうに笑うと、顔を上げて尋ねる。

「……全部、捨てようとしていたのか？」

「ああ。……でも、捨てられなかった」

「そうか……」

自嘲気味に笑うと、フランツは答えを知っていたかのように呟いた。その声は静かだったが、どこか苦しげな響きがあった。否定したくて、無闇に明るい声を出す。

「宮廷楽長殿がこんなとこまで、大丈夫なのか？」

フランツは笑って、寝台の傍らの椅子にどかりと腰を下ろした。

「ちょっと逃げてきた」

「簡単に言うなよ。もう、一緒に馬鹿やってた頃とは違うんだ。おまえは世界のフランツ・リストだろ」

フランツはおどけた顔をした。

顔中に「もっと褒めろ」と書いてある。軽く笑ってから、フレデリクは彼の目を見据えて言った。

「だいたい、この新居をなんで知ってる？　経理をまかせてるヤンに訊いたのか？」

「……ああ」

「というより、この家の費用を用立ててくれたのは、おまえか？」

擦り傷をいじられたように顔をしかめたフランツが、観念した、とばかりにため息をつく。

「気づいていたか」

「ふふ、人選が甘いぜ。ヤンは嘘が下手なんだ。……知ってるだろ？」

「知ってる」

懐かしそうに笑い、フランツは目を伏せた。その横顔に、フレデリクはそっと声をかける。

「ありがとう」

「とんでもないことでございます」

騎士のように礼を返すフランツを笑いながら、フレデリクは窓に目をやった。

「ちょうど、昔のことを思い出していた。ブローニュ・シュル・メールで、海の見える別荘借りたろ？」

「ああ。……懐かしいな」

「最初の夜、おまえが先に来てるはずだったのに、俺が到着すると明かりもついてなくてさ。おそるおそる二階へと上がると、波の音が聞こえて。でっかい月の見える、開けっぱなしの窓のそばの長椅子で、おまえがひとり静かに眠ってた」

「そうだっけ？」

　フレデリクは頷く。

　カーテンが風にあおられるのもお構いなしで、フランツは眠っていた。フレデリクはそれを、しばらく黙って見ていた。別れの時を恐れながら。

「声かけても気づかないし、あんまり静かだから、途中で生きてるか心配になった」

「ははは、そうだ。頭はたかれて目ェ覚めたんだった」

　愉快そうに笑うフランツの横顔は、ヨーロッパ音楽界に君臨し、あまたの弟子を抱える人間のものにはとても見えない。なめらかな頰は少年みたいだと思い、なにを馬鹿なことをとすぐに打ち消した。あの頃とは違うのだ。

　フレデリクはじっとフランツを見つめた。面差しも凜々しく立派なこの男が、置いてけぼりにされた幼子のように見えるのは錯覚だ。

　フレデリクは、ゆっくりとフランツへ向き直った。

「こうして月夜にひとりで横になってると、あの光景を思い出す」

「そうか……」

ほとんど吐息のような密やかな声で、フランツは答えた。

「おまえに会えて嬉しい」

「……俺も」

静寂があたりを満たした。

フレデリクは軽く息を吸い、ずっと言いたかった言葉を口にした。

「あのときはすまなかった……。自分のことでいっぱいで」

「それは俺のセリフだ。自分の理想や、焦りや、嫉妬や……全部おまえに押しつけて、傷を抉《えぐ》った。……もう、こうして合わせる顔なんてないと思ってた」

即座に否定したフランツの言葉に、首を横に振る。

「それは違う。あのあと思い出したんだ、ユゼフの言葉を。彼はこう言ってくれていた。『人には一人一人、役割がある。君の役割は音楽だ。音楽が消えることはない』って」

ユゼフが死んでから、世界は無音の闇に閉ざされた。

自分がどうやって呼吸をしているのかさえ、わからなくなった。

すぐにでも後を追いたかったのに、あのとき踏みとどまったのは、この言葉があったからではなかったか。

「そんな大事な言葉を俺は忘れていた。痛みから逃れたくて、記憶から消し去っていた。

おまえが踏み込んでくれたから、思い出せたんだ」

フレデリクの言葉に、フランツが目を見開く。

「ずっとひとりで背負ってきた十字架を、おまえが必死に見つけ出して、一緒に支えようとしてくれたから」

「……本当か？」

子どものように聞き返すフランツに、フレデリクは大きく頷いた。

「ああ。病状が悪化して、俺はロシアからもフランスからもお役御免になった。去年の政変でしがらみもすべてなくなったが、思ったよりあっさりした気分でな。そのとき気づいたんだ。ああ、俺はとっくに解放されてたんだって」

しばらくこちらを見つめていたフランツの顔が、泣き出しそうに歪み、こらえるように唇をかみしめた。

「……心配して損した」

ぶっきらぼうな言葉に、ふたりは顔を見合わせた。そしてこらえきれずに笑った。涙がこぼれるまで。こんなやりとりを、どうして今まで忘れていられたのだろう。

「おまえはあいかわらずだな」

と、フレデリクは伸びをしながら言った。

「おまえを見てると、夢や希望を思い出す。今の俺は燃え尽きた灯りみたいで、どうしたらいいかわからない」

「どうしたらいいか？」

フランツは、明るく声を立てて笑いながら立ち上がると、遠慮なく寝台に上がり込み、フレデリクの肩に体重を預けた。

「答えはいつも、自分自身の中にあるんだろ、センセ。なにかに迷うたび、俺は今でも、その言葉を思い出すよ」

「ああ、そうだな。でも今は、その答えが見つからないんだ……」

海鳴りが聞こえた気がした。

瞬間、フランツは両手を伸ばすとフレデリクを力一杯抱きしめ、その髪の中に顔を埋めた。何かにしがみつくような必死さで、フランツが叫んだ。

「会いにこられなくてすまない……！　俺は意気地なしだ！」

フレデリクは、その背中を優しく叩いた。

「俺が別れようと言ったんだ。許してくれ」

「とっくに許してる！」

「ああ」

わかってる、と言いかけ咳きこむフレデリクを解放し、フランツは心配そうに顔を覗き込んだ。

「大丈夫か？」

「大丈夫だ」

薄暗い部屋の中で立ち上がろうとしてよろめいたフレデリクを、フランツが慌てて抱きとめた。息が落ち着くまで待って、フレデリクはピアノに向かった。

飴色のプレイエル・ピアノ――半身のようなその楽器に触れるのさえ、しばらくぶりだった。鍵盤に指をおくと、銀色の音が響く。

「なあ、この曲、覚えているか？」

おやすみ、イエス様　わたしの真珠
おやすみ、わたしのいとしい宝物
泣きあかし、疲れた瞼を閉じて
泣きじゃくり、しびれた唇をやすめ

「……忘れるわけねえだろ」

フランツはそう言うと、右隣に腰かけた。

彼が奏でる旋律に、フレデリクは低音の伴奏を添えた。やさしい響きはやがて悲哀を帯び、いつしか孤独の叫びとなって咆哮《ほうこう》を上げていく。

スケルツォ第1番の激しいパッセージ。あのウィーンの夜に、生まれた曲だ。

あの夜の孤独を分かち合えたのはきっと、この男だったからだ。孤高で、苛烈で、それなのにあたたかい。この男がいたから、俺は未来を信じられたのだ。

残響の中で、フレデリクが呟いた。

「なあ、フランツ。誓ってくれ。忘れないと」

「誓う」

「おまえが弾く俺の曲が、俺は一番好きだ」

「……ああ」

フランツの声がかすれた。伏せた瞼の下には、長い睫毛が影をつくっていた。

ふいに風が吹きこみ、フレデリクは窓へ顔を向ける。

「秋の匂いだな」

大きな窓の外には、灰色のパリの街が広がっていた。フランツと並んで、眼下の街を見つめながら、フレデリクはぽつりと呟いた。

「……またあの海へ行きたいな」

「いっそローマへ行くか。まずはティボリのエステ荘に寄って、噴水のある庭を散歩しよう」

「システィーナ礼拝堂もはずせない。観光名所だって馬鹿にしたもんじゃないぞ」

「わかってる。あの国には会わせたい友人が何人もいる。紹介するよ」

ふたりは他愛《たわい》ない夢を並べた。

「楽しみだ。ローマの晴れた空の下、おまえと一緒に、一日中ピアノを弾いていたい」

「一日と言わず、何日でも」

「ああ。そしていつか、ポーランドへ帰ろう」

まるで、そこが自分たちの故郷であるかのように、フレデリクは言った。

フランツは答えた。

「ああ、きっと帰ろう」

「今まで、よくひとりで頑張ったな」

「おまえもな」

フランツの瞳からこらえきれない涙があふれ、月の光を反射した。

「でも、これからはずっと一緒だ」

こんなに美しい光を、見たことがない。フレデリクは穏やかにほほ笑んだ。

「ああ。俺たちはどこまでも一緒だ」

海鳴りはもう止んでいた。

夜明けの浜辺のように、どこまでも静かだった。

第十場　自由の音

「記念となる公演に、ポーランドの聖歌を選ばれたのはなぜですか?」

インタビューのおわり、ふいに加えられた記者の質問に、フランツ・リストは破顔した。

「なにかおかしいかな」

一八八六年、七十四歳になった彼の、公開リサイタルの直前だった。

かつて貴婦人たちを陶酔させた金茶の髪は白く色を変え、目元には深い皺《しわ》が刻まれている。あいかわらずの黒のいで立ちも聖衣へと変わっていたが、その瞳は澄み切った輝きと生気にあふれていた。

「バイロイトを拠点に活動されているとはいえ、あなたはハンガリーの英雄です。オーストリア＝ハンガリー二重帝国の戴冠式では、あのエリザベート皇后にミサ曲を捧げたのですから」

「祖国に捧げたのですよ」

「はい。しかし、あのときの国民の熱狂は象徴的だったと聞きます。ヤンカ・ヴォールが書いていますよ。あなたはハンガリーの国民にとって、王と呼べる存在なのだと」

　フランツは一瞬、苦笑した。王と呼ばれ、その責務を果たしたつもりで、ようやく聖職者になった。それでもあいかわらず、人々は彼に王の役割を求める。

「ただの音楽家です」

「しかし実際、宮廷顧問官として、祖国の芸術発展にも大きな役割を果たされた。それがどうして、ポーランドなのかと」

　音楽家が祖国にとらわれるいわれはないが、このハンガリーの記者は、リサイタルの選曲にどうしても納得がいかないらしい。フランツは答えた。

「ショパンの曲だからです」

「あの、ピアノの詩人ですか？」

「そんな言葉では言い表せない。彼に比べたら、私など失敗した天才です」

　フランツの言葉に、記者が目を見開いた。

「若い頃、私は結果を出すことに夢中で、歩かずにジャンプしていました。近道をして、功名心ばかりでゴールを目指していた。でも今は違います。一歩一歩、自分と向き合いながら前進してきた。それはわが友、ショパンのおかげなのです」

　冬の空の果てのように静かな瞳の奥で揺らめく、青い炎に憧れていた。

　そう言ったら、どんな反応をするだろうか。

フランツはその炎が欲しいと思った。欲しいものには残らず手を伸ばしてきた。しかし、フレデリクに出会って初めて、届かないものがあることを知った。

フランツは飢えた。飢えたからこそ、ここまで走れたのだ。

記者が、おずおずと一冊の本を取り出した。

「じつは、あなたにお会いできると決まって、ちょうどこの本を読みはじめたところでした」

「これは……」

一八五二年、フレデリクの死の三年後に、フランツが出版した評伝だった。

フレデリク・ショパンの音楽と、その人生を綴った本だ。あの奇跡みたいに強く、悲しい、青い目の男が、甘ったるい美談やスキャンダルに埋もれてしまわないように。

自分には、彼の音楽を守る義務がある。フランツは確信していた。

未来の人々が、あの音楽を味わう幸福を、守る義務がある。だからこそ教育に邁進したし、大切に、その音楽を演奏してきたのだ。

この若い記者は、五十年前のパリを、リストとともに駆け抜けたショパンを知らないだろう。だからこそ、彼の音を聴いてほしいと思った。

国からも個からも解き放たれた、自由の音を。

フランツは記者を見つめ、ゆっくりと告げた。

「フレデリク・ショパンは、まさに魔術的な天才でした。彼に並ぶ者は誰もいない」

それが独りよがりな決めつけだとしても、どうか許してほしい。この本は、自分自身が救われるために、書かずにはいられなかった手記なのだから。

その証として、この本を名づけたのだ。

皺の寄った指先が表紙に触れ、いとおしげになぞる。そこにはいぶされた金色の文字で、こう記されていた。

『F・リストによる、F・ショパン』

書簡（1849）

親愛なる　F・リスト

今、ヤンから報告を聞いたところだ。ヴァンドーム近くの気持ちのいい部屋に落ち着きほっとしている。俺に何かあれば、この手紙はすぐ、おまえの手に渡るはずだ。たとえ病に屈服させられる時がきたとしても、今の俺にはあまり、後悔というものがない。そういう現状を、包み隠さずおまえに伝えたい。

俺は、音楽という使命にすべてを捧げた。名前など、忘れ去られてもかまわない。ただ俺の音楽が、誰かの心を震わせ、彼ら自身の新たな物語となって生き続けてくれるなら、それだけでいい。

俺はずっと自由に——音楽そのものになりたかったのだから。

ピアノの詩人と呼ばれ、周囲から天使のように褒めそやされることは、いつも苦しかった。人には言えない汚い俺を、自分だけは知っていたからだ。
その苦しみを、おまえだけがわかってくれた。まるで共犯者のように秘密を共有し、
助けようとしてくれた。
暗闇のような孤独を分かち合えるのは、おまえだけだった。

おまえと一緒にいたのはわずかなようで、永遠のような時間だった。
何もかもに、思い出が息づいている。
夜明けの浜辺、革命を夢見たパリ、ローマの聖堂、そして俺の祖国にも。
おまえはきっと世界を旅して、おまえにしか書けない音楽を書くのだろう。
叶わなかった約束にかえて、どうか遠い海の向こうに、自由の音を届けてほしい。

幸運を祈っている。

F・ショパン

主要参考文献

『ショパンの藝術と生涯』フランツ・リスト／蕗沢忠枝訳　モダン日本社
『フレデリック・ショパン　その情熱と悲哀』フランツ・リスト／八隈裕樹訳　彩流社
Liszt, Franz. tr. Martha Elizabeth Duncan Walker Cook. *Life of Chopin* (English Edition). F. Leypoldt.
『ショパン全書簡』ゾフィア・ヘルマン、ズビグニェフ・スコヴロン、ハンナ・ヴルブレフスカ＝ストラウス編／関口時正、重川真紀、平岩理恵、西田諭子訳　岩波書店
Chopin, Frederic. ed. E. L. Voynich. *Chopin's Letters* (Dover Books On Music: Composers) (English Edition). Dover Publications.
『ショパン――２００年の肖像』熊澤弘、関口時正、平岩理恵、船岡美穂子訳　求龍堂
『パリのヴィルトゥオーゾたち　ショパンとリストの時代』ヴィルヘルム・フォン・レンツ／中野真帆子訳　ハンナ
『巡礼の年　リストと旅した伯爵夫人の日記』マリー・ダグー／近藤朱蔵訳　青山ライフ出版
『フランツ・リストはなぜ女たちを失神させたのか』浦久俊彦　新潮新書
『ポーランド・ウクライナ・バルト史』伊東孝之、井内敏夫、中井和夫訳　山川出版社
P.60、P.195の歌詞は以下の書籍から引用しました。
『ポーランドのクリスマス聖歌　12のコレンダ』関口時正、小早川朗子訳　ハンナ

本文デザイン／目崎羽衣（テラエンジン）

本書は、二〇二一年十一月に上演された朗読劇
「リーディングシング『F ショパンとリスト』」の脚本をもとに、
大幅に加筆・修正を加えて書き下ろされた作品です。

脚本執筆にあたっては、企画・監修の大谷啓史さん、
演出の保科由里子さんはじめ関係者の皆様に大変お世話になりました。
この場をお借りして、心より御礼を申し上げます。

著者